宗璞 ◎ 著

雪落燕园

雪落燕园
该是怎样的一种美
……

重庆出版集团 重庆出版社

图书在版编目（CIP）数据

雪落燕园 / 宗璞著. — 重庆：重庆出版社，2021.1
　ISBN 978-7-229-15165-2

Ⅰ.①雪… Ⅱ.①宗… Ⅲ.①随笔—作品集—中国—当代 Ⅳ.①I267.1

中国版本图书馆 CIP 数据核字 (2020) 第 129306 号

雪落燕园
XUE LUO YANYUAN
宗璞　著

责任编辑：陶志宏　张　蕊
策　　划：白　翎　玉　儿
责任校对：刘小燕
装帧设计：章敏敏

重庆出版集团　出版
重庆出版社

重庆市南岸区南滨路 162 号 1 幢　邮政编码:400061　http://www.cqph.com
小渔工作室制版
天津行知印刷有限公司印刷
重庆出版集团图书发行有限公司发行
E-MAIL:fxchu@cqph.com　邮购电话:023-61520646
全国新华书店经销

开本：880mm×1230mm　1/32　印张：8.5　字数：180千
2021 年 1 月第 1 版　2021 年 1 月第 1 次印刷
ISBN 978-7-229-15165-2
定价：42.00 元

如有印装质量问题,请向本集团图书发行有限公司调换:023-61520678

版权所有　侵权必究

目录

燕南园
最后的大师们，最后的大师时代，最后的大师身影

人生匆匆，真如过客。过客的身份，是每一个人都一样的，但每个人留在别人心中的，很不一样。

北大燕南园，那些最后的大师，最后的大师时代，最后的大师身影……

霞落燕园 …3

人老燕园 …12

《丛竹间燕园的家书》读后 …18

仙踪何处 …22

星期三的晚餐 …25

悼张跃 …31

刚毅木讷近仁 …35

《晚年随笔》序 …43

燕园
我生命中逝去的那些至亲至爱的人

去的尽管去了,来的尽管来着;去来的中间,
又怎样地匆匆呢?
许多许多人去世了,我还活着。
最亲的人啊,最真的痛……

三松堂断忆 ...49

三松堂岁暮二三事 ...57

九十华诞会 ...64

心的嘱托 ...71

那青草覆盖的地方 ...76

他的"迹"和"所以迹" ...82
——为冯友兰先生一百一十年冥寿作

花朝节的纪念 ...89

哭小弟 ...99

怎得长相厮聚 ...107
——蔡仲德三周年祭

雪落燕园

我爱燕园中属于我自己的记忆。我扫过自家门前的雪，和满地扔瓜子壳儿的男士女士们争吵过。我为奉老抚幼，在衰草凄迷的园中奔走过。我记得室内冷如冰窖的寒冬，也记得新一代水暖工送来温暖的微笑。我那操劳一生的母亲怀着无限不安和惦念在校医院病逝……这些记忆，无论是美好的还是痛苦的，都同样珍贵。因为那属于我自己。

我爱燕园 …117

绿衣人 …122

一年四季 …125

暮暮朝朝 …130

热土 …136

湖光塔影 …142

废墟的召唤 …147

萤火 …152

秋韵 ...157

燕园石寻 ...160

燕园碑寻 ...164

燕园树寻 ...170

燕园墓寻 ...175

燕园桥寻 ...181

报秋 ...185

送春 ...188

松侣 ...192

促织，促织！ ...197

在燕园
找回你自己

人本该照自己本来面目过活，而怎样获得这本来面目，确是个大难题。

找回你自己！认真地、自由地做一个人。

扔掉名字 ...203

漫谈《红楼梦》...207

《幽梦影》情结 ...226

祈祷和平 ...232

下放追记 ...238

从近视眼到远视眼 ...243

找回你自己 ...248
　　——《燕园拾痕》代自序

一九九三年岁末五日记 ...250

云在青天 ...256

燕南园

最后的大师们,最后的大师时代,最后的大师身影

人生匆匆,真如过客。过客的身份,是每一个人都一样的,但每个人留在别人心中的,很不一样。

北大燕南园,那些最后的大师,最后的大师时代,最后的大师身影……

霞落燕园

北京大学各住宅区，都有个好听的名字。朗润、蔚秀、镜春、畅春，无不引起满眼芳菲和意致疏远的联想。而燕南园只是个地理方位，说明在燕园南端而已。这个住宅区很小，共有十六栋房屋，约一半在五十年代初已分隔供两家居住，"文革"前这里住户约二十家。六十三号校长住宅自马寅初先生因过早提出人口问题而迁走后，很长时间都空着。西北角的小楼则是党委统战部办公室，据说还是冰心前辈举行"第一次宴会"的地方。有一个游戏场，设秋千、跷板、沙坑等物。不过那时这里的子女辈多已在青年，忙着工作和改造，很少有闲情逸致来游戏。

每栋房屋照原来设计各有特点，如五十六号遍植樱花，春来如雪。周培源先生在此居住多年，我曾戏称之为周家花园，以与樱桃沟争胜。五十四号有大树桃花，从楼上倚窗而望，几乎可以伸手攀折，不过桃花映照的不是红颜，而是白发。六十一号的藤萝架依房屋形势搭成斜坡，紫色的花朵逐渐高起，直上楼台。随着时光流逝，各种花木减了许多。藤萝架已毁，桃树已斫，樱花也稀落多了。这几年万物复苏，有余力的人家都注意绿化，种些植物，却总是不时被修理下水道、铺设暖气管等工程毁去。施工的沟成年累月不填，各种器械也成年累月堆放，高高低低，颇有些惊险意味。

这只不过是最表面的变化。迁来这里已是第三十四个春天了。三十四年，可以是一个人的一辈子，做出辉煌事业的一辈子。三十四年，婴儿已过而立，中年重逢花甲。老人则不得不撒手另换世界了。燕南园里，几乎每一栋房屋都经历了丧事。

最先离去的是汤用彤先生。我们是紧邻。一九六四年的一天，他和我的父亲同往《人民日报》开会批判胡适先生，回来车到家门，他忽然说这是到了哪里，找不到自己的家。那便是中风先兆了。不久逝世。记得曾见一介兄从后角门进来，臂上挂着一根手杖。我当时想，汤先生再也用不着它了。以后在院中散步，眼前常浮现老人矮胖的身材，团团的笑脸。那时觉得死亡真是不可思议的事。

"文化大革命"初始，一张大字报杀害了物理系饶毓泰先生，他在五十一号住处投缳身亡。数年后翦伯赞先生夫妇同时自尽，在六十四号。他们是"文革"中奉命搬进燕南园的。那时自杀的事时有所闻，记得还看过一个消息，题目是刹住自杀风，心里着实觉得惨。不过夫妇能同心走此绝路，一生到最后还有一同赴死的知己，人世间仿佛还有一点温馨。

一九七七年我自己的母亲去世后，死亡不再是遥远的了，而是重重地压在心上，却又让人觉得空落落，难于填补。虽然对死亡已渐熟悉，后来得知魏建功先生在一次手术中意外地去世时，还很惊诧。魏家迁进那座曾经空了许久的六十三号院，是在七十年代初，但那时它已是个大杂院了。魏太太王碧书曾和我的母亲说起，魏先生对她说过，解放以来经过多少次运动，想着这回可能不会有什么大错了，不想更错！当时两位老太太不胜慨叹的情景，宛在目前。

六十五号哲学系郑昕先生，后迁来的东语系马坚先生和抱病多年的老住户历史系齐思和先生俱以疾终。一九八二年父亲和我从美国回来不久，我的弟弟去世，在悲苦忙乱之余忽然得知五十二号黄子卿先生也去世了。黄先生除是化学家外，擅长旧体诗，有唐人韵味。老一代专家的修养，实非后辈所能企及。

女植物学家吴素萱先生原在北大，后调植物所工作，一直没有搬家。七十年代末期我进城开会，常与她同路。她每天六点半到公共汽车站，非常准时。我常把校园里的植物向她请教，她都认真回答，一点不以门外汉的愚蠢为可笑。她病逝后约半年，《人民日报》刊登了一张她在看显微镜的照片。当时传为奇谈。不过我想，这倒是这些先生们总的写照。九泉之下，所想的也是那点学问。

冯定同志是老干部，和先生们不同。在五十五号住了几十年，受批判也有几十年了。他有句名言："无错不当检讨的英雄。"不管这是针对谁的，我认为这是一句好话，一句有骨气的话。如果我们党内能有坚持原则不随声附和的空气，党风民风何至于此！听说一个小偷到他家破窗而入行窃，翻了半天才发现有人坐在屋中，连忙仓皇逃走，冯定对他说："下回请你从门里进来。"这位老同志在久病备受折磨之后去世了。到他为止，燕南园向人世告别的"户主"已有十人。

但上天还需要学者。一九八六年五月六日，朱光潜先生与世长辞。

朱家在"文革"后期从燕东园迁来，与人合住了原统战部小楼。那时燕南园已约有八十余户人家。兴建了一座公厕，可谓"文革"中的新生事物，现在又经翻修，成为园中最显眼的建筑。朱家也曾一度享用它。据朱太太奚今吾说，雨雪时先由家人扫出小路，老人再打着伞出来。令人庆幸的是北京晴天多。以后大家生活渐趋安定，便常见一位瘦小老人在校园中活动，早上举着手杖小跑，下午在体育馆前后慢走。我以为老先生们大都像我父亲一样，耳目失其聪明，未必认得我，不料他还记得，还知道些我的近况，不免暗自惭愧。

我没有上过朱先生的课，来往也不多。一九六〇年十月我调往《世界文学》编辑部，评论方面任务之一是发表古典文艺理论。我们组到的第一篇稿子是朱先生摘译的莱辛名著《拉奥孔：论画和诗的界限》，原书十六万字，朱先生摘译了两万多字，发表在一九六〇年十二月《世界文学》上。记得朱先生在译后记中论及莱辛提出的为什么拉奥孔在雕刻里不哀号，在诗里却哀号的问题。他用了化美为媚的说法。并曾对我说用"媚"字译 charming 最合适。媚是流动的，不是静止的；不只有外貌的形状，还有内心的精神。"回头一笑百媚生"，那"生"字多么好！我一直记得这话。一九六一年下半年他又为我们选译了一组文艺复兴时代意大利文艺理论，都极精彩。两次译文的译后记都不长，可是都不只有材料上的帮助，且有见地。朱先生曾把文学批评分为四类，以导师自居、以法官自命、重考据和重在自己感受的印象派批评。他主张后者。这种批评不掉书袋,却需要极高的欣赏水平,需要洞见。我看现在《读书》杂志上有些文章颇有此意。

也不记得为什么,有一次追随许多老先生到香山,一个办事人自言自语:"这么多文曲星!"我便接着想,用满天云锦形容是否合适,满天云锦是由一片片霞彩组成的。不过那时只顾欣赏山的颜色,没有多注意人的活动。在玉华山庄一带观赏之余,我说我还从未上过"鬼见愁"呢,很想爬一爬。朱先生正坐在路边石头上,忽然说,他也想爬上"鬼见愁"。那年他该是近七十了,步履仍很矫健。当时因时间关系,不能走开,还说以后再来。香山红叶的霞彩变换了二十多回,我始终没有一偿登"鬼见愁"的夙愿,也许以后真会去一次,只是永不能陪同朱先生一起登临了。

"文革"后期政协有时放电影,大家同车前往。记得一次演了一部大概名为《万紫千红》的纪录片,有些民间歌舞。回来时朱先生很高兴,说:"这是中国的艺术,很美!"他说话的神气那样天真。他对生活充满了浓厚的感情和活泼泼的兴趣,也只有如此情浓的人,才能在生活里发现美,才有资格谈论美。正如他早年一篇讲人生艺术化的文章所说,文章忌俗滥,生活也忌俗滥。如季札挂剑夷齐采薇这种严肃的态度,是道德的也是艺术的。艺术的生活又是情趣丰富的生活。要在生活中寻求趣味，不能只与蝇蛆争温饱。记得他曾与他的学生澳籍学者陈兆华去看莎士比亚的一个剧，回来要不到出租车。陈兆华为此不平，曾投书《人民日报》。老先生潇洒地认为，看到了莎剧怎样辛苦也值得。

朱先生从给青年的十二封信开始，便和青年人保持着联系。我们这一批青年人已变为中年而接近老年了，我想他还有真正的青年朋友。这是毕生从事教育的老先生之福。就朱先生来说，其中必有奚先生内助之功，因为这需要精力、时间。他们曾要我把新出的书带到澳洲给陈兆华，带到社科院外文所给他的得意门生朱虹。他的学生们也都对他怀着深厚的感情。朱虹现在还怪我得知朱先生病危竟不给她打电话。

然而生活的重心、兴趣的焦点都集中在工作上，时刻想着的都是各自的那点学问，这似乎是老先生们的共性。他们紧紧抓住不多了的时间，拼命吐出自己的丝，而且不断要使这丝更亮更美。有人送来一本澳大利亚人写的美学书，托我请朱先生看看值得译否。我知道老先生们的时间何等宝贵，实不忍打扰，又不好从我这儿驳回，便拿书去试一试。不料他很感兴趣，连声让放下，他愿意看。看看人家有怎样的说法，看看是否对我国美学界有益。据说康有为曾有议论,他的学问在二十九岁时已臻成熟,以后不再求改。有的老先生寿开九秩,学问仍和六十年前一样,不趋时尚固然难得,然而六十年不再吸收新东西,这六十年又有何用?朱先生不是这样。他总在寻求,总在吸收,有执着也有变化。而在执着与变化之间,自有分寸。

老先生们常住医院,我在省视老父时如有哪位在,便去看望。一次朱先生恰住隔壁,推门进去时,见他正拿着稿子卧读。我说:"不准看了。拿着也累,看也累!"便取过稿子放在桌上。他笑着接受了管制。若是自己家人,他大概要发脾气的。这是他生命中最重要的事啊。他要用力吐他的丝,用力把他那片霞彩照亮些。

奚先生说,朱先生一年前患脑血栓后脾气很不好。他常以为房间中哪一处放着他的稿子,但实际没有,便烦恼得不得了。在香港大学授予他荣誉学位那天,他忽然不肯出席,要一个人待着,好容易才劝得去了。一位一生寻求美、研究美、以美为生的学者在老和病的障碍中的痛苦是别人难以想象的。他现在再没有寻求的不安和遗失的烦恼了。

文成待发,又传来王力先生仙逝的消息。与王家在昆明龙头村便曾是邻居,燕南园中对门而居也已三十年了。三十年风风雨雨,也不过一眨眼的工夫。父亲九十大寿时,王先生和王太太夏蔚霞曾来祝贺,他们还去向朱先生告别,怎么就忽然一病不起！王先生一生无党无派，遗命夫妇合葬，墓碑上要刻他一九八〇年写的赠内诗。中有句云："七省奔波逃狻猊，一灯如豆伴凄凉。""今日桑榆晚景好，共祈百岁老鸳鸯。"可见其固守纯真之情，不与纷扰。各家老人转往万安公墓相候的渐多，我简直不敢往下想了。只有祷念龙虫并雕斋主人安息。

十六栋房屋已有十二户主人离开了。这条路上的行人是不会断的。他们都是一缕光辉的霞彩，又组成了绚烂的大片云锦，照耀过又消失，像万物消长一样。霞彩天天消去，但是次日还会生出。在东方，也在西方，还在青年学子的双颊上。

人老燕园

"人老燕园"这个题目,在心中已存放许久了。当时想的是父辈的老去。他们先是行动不便,然后坐在轮椅上,然后索性不能移动了。近年来,燕南园中年轻人愈来愈少。邻居中原来健步如飞的已用上发亮的助步器,原来拙于行的已要人搀扶了。我们的紧邻磁学专家褚圣麟教授年过九十,前几天在燕南园边上找不着路回家。当时细雨迷蒙,夜色已降,一盏昏黄的路灯照着跌跌撞撞的老人。幸有学生往褚宅报信。老先生又不认得来接的人,问:你是谁?这是上哪儿去?

"是谁?""上哪儿去?"这是永恒的问题。我听到描述时,心中充满凄凉。人们的道路不同,这就是"是谁";路的尽头则一定是那长满野百合花的地方,人们从生下来便向那里走,这就是"上哪儿去"。

老父去世以后，燕南园中平稳了两年，接上来的是江泽涵先生和夫人蒋守方。

江先生是拓扑学引进者，几何学权威。在昆明西仓坡，我们便对门而居，到燕南园后又是几十年的邻居，江老先生总随着三个男孩称我为冯姐姐。他老来听力极差，又患喉癌，说话困难，常常十分烦躁，江家诸弟便要开导他："看看人家冯先生，从来都是那么心平气和。"江、蒋二先生先后去世，相差不过十天。江先生去世时，并不知蒋先生已先他而去，两人最后的时光都拘禁在病室中，只凭儿孙传递消息。记得有一次我去他家探望，正值修理房子，屋里很乱，江先生用点表示家具、什物，用线表示距离，作了一个图论的图，以求搬动的最佳方案。他向我讲解，可惜如对牛弹琴。江家老二说江先生的墓碑上要刻一个拓扑图形。想到这拓扑图形将也掺杂在拥挤的墓碑群中，很是黯然。

十月间我有香港之行，不过十天，回来得知张龙翔先生去世，十分惊讶。张先生是生物化学家，八十年代曾任北大校长。九月间诸位老太太在张家小聚，我也忝列，还见他走来走去。张先生多年前曾患癌症，近年转到颈椎，不能起床，十分险恶。但经医疗和家人的用心调护，他竟能站立，能行走，而且出去开会。我总说张先生是真正的抗癌明星，怎么一下子就去世了呢。五十六号房屋继失去周培源先生之后，又一次失去了主人，唯有庭前树木依旧。

而我真又想到用"人老燕园"这个题目来作文，是因为自己渐增老态。多少年来我一直和疾病作斗争，总认为病是可以战胜的。我有信心：人能战胜疾病，人比疾病强大，也常以此鼓励病友。《牛天赐传》里牛天赐抱怨说："从脑袋瓜子到脚步鸭子都是痛的。"我倒没有这样全方位发作，但却从头到脚轮流突出，不是这儿不舒服，就是那儿不舒服。近来忽然发现这麻烦不只因病且因为老，而老是不可逆转，不可战胜的。

五月间我下台阶到院中收衣服，当时因自觉能干颇为得意，不料从台阶上摔下，崴了脚，造成跖骨骨折。全家为此折腾了三个多月，先是去校医院拍片子、上石膏，直到最后煎中药洗脚。坐着轮椅参加了两次集会。七月六日华艺出版社向希望工程赠书，其中包括新出版的《宗璞文集》，我坐轮椅前往参加，人家看我坐轮椅而来，不知是何许人，想想实在滑稽。又一次北大纪念闻一多先生，我又坐轮椅前往，会议厅在二楼，却无电梯，北大副校长郝斌同志看见我，说："怎么搞的！你等等，别动。"呼啦一下来了好几个年轻人，将我抬上二楼，会议结束后，又将我抬下来。我看不清眼前的人，只知道他们都年轻，是青春的力量抬动我。要上便上，要下便下。我无法一一致谢，只好念念有词"多谢，多谢"。朋友们得知我摔伤，都说这是警告，往后一切要小心，因为人已经老了。

可不是么，人已经老了。

儿时的友伴徐恒（糜岐），原是物理系学生，后来是我国第一代播音员。她常打电话来问痊愈到什么程度，知道我已除去石膏，正洗中药，便说要来看看。她来了，坐定后见我走路东歪西倒的样子，便要我好好走路，走时不怕慢，但不能跛，并对仲说"不让她这样走路"。我一想起糜岐的话，便很感动，还有几个人这样操心管着我呢。在准兄弟姐妹中，她是大姐，是徐炳昶先生的长女，大姐做惯了。说起徐炳昶先生，也是河南唐河人，三十年代曾任北平研究院历史研究所所长。唐河有个传说，不知在哪个朝代，根据风水先生的意见，计划在唐河县城的四角建造四座塔，说是可以出人才。只造好了两个塔，就停了工，可能是没有经费。于是只出了两个名人（其实唐河县人才济济），一个是冯友兰，一个是徐炳昶。我们和徐家有点拐弯亲戚关系，算起来糜岐还要高我一辈呢。近日，友人从美国寄来一份剪报，不知是哪家报纸刊登的一篇短文，题为"冯友兰二三事"，其中所言多系想象。文中说冯友兰和徐炳昶曾经为入河南省志问题而动手相打，我在电话上念给糜岐听，两人都大笑，互问你的牙掉了没有！这些胡说作为花絮还只是令人笑，可有些研究文章一本正经地把瞎话说得那么流畅，完全置事实于不顾，且为违背事实编造出理论，南辕北辙，愈走愈远。真令人悲哀。

话说远了，以前作文似乎比较严谨，现在这样也是老态吧。另一不妙的事是自进入九十年代，我每年十月间好发气管炎，咳嗽剧烈，不能安枕。年年南逃也很麻烦，在仲的坚持下装置了土暖气，于学校供暖之前，自己先行供暖。那火头军是心甘情愿的。见他头戴浴帽，下到地窖子去对付火炉，总担心他会摔倒。只赢得嘲笑说太爱瞎想。一天，他忽然说："再过几年，我做不动了，怎么办？"

怎么办呢？其实用不着想。再过几年，我是否还需要温暖的房间？

自南方回来已十多天了。一夜的雨，天阴沉沉，地面到处湿漉漉，本来还是绿着的玉簪，一夜之间枯黄了。读《静安文集》，有句云"天色凄凉似病夫"，不觉悚然而惊。又想起几句《人间词》，"最是人间留不住，朱颜辞镜花辞树"，"君看今日树头花，不是去年枝上朵"。乃又联想到法国诗人维龙的句子："去年的雪今何在？"去年的花和雪永不能再，今年是今年的花和雪了。从王国维想到叔本华，年轻时很喜欢叔本华的哲学，现在连为什么也说不清。只模糊地记得那"永久的公道"。叔本华说，世界之自身，即是世界之判词。他以为：意志肯定自己，乃有苦痛；则应负其责任，受其苦痛。这就是"永久的公道"。人类简直没有逃出苦痛的希望。又记得这位老先生论艺术，说美是最高的善。想查书弄明白些，连书也找不到了。

雨停了，扶杖到角门外，见地下一片黄灿灿，铺成圆形，宛如一张华丽的地毯。原来是角门边大银杏树的落叶，仰望大树，光秃秃的枝干在天空刻上窄窄的线条。树不会跌倒，无需扶杖，但是它也会老。只是比人老得慢一些。

门外向南的一条直路，两边都是年轻的银杏树，叶子也已落尽，扫掉了。这条路通向学生宿舍。年轻的人在年轻的树下来来去去。转过身来，猛然间看见墙边凋残的月季枝头。居然有两朵红花，仰着头，开得鲜艳。

《丛竹间燕园的家书》读后

转眼间,沈同先生已去世大半年了。

一个黄昏,沈先生的外甥女沈琨送来一本装订极精美的书,让我看看。原来是沈先生写给外甥沈靖的一批信。由沈靖自制成书,扉页是大幅照片——燕南园五十三号,他们的家的外景,两扇窗和茂盛的植物。在这上面印出了书名《丛竹间燕园的家书》。

沈先生夫妇除了自己的四个孩子外,还抚养两个甥子女长大成人,是燕园中尽人皆知的事,大家对此都怀着敬意。信中不止充满了舅父对甥儿的关心和疼爱,也表露了一个科学家对后辈的教导和期望。沈先生引爱因斯坦的话,"知识面愈扩大,那么知道,这没有知道的领域更扩大"。这和我们的先贤所说"学然后知不足"是一致的。只那示意图我觉得特别有趣。

在图上他自己还写了几个字,希望沈靖不断上进,"Upward！Upward！！Upward！！！"(向上！向上！！向上！！！)

在这万金家书中,他也写到燕南园邻居的情况。没想到其中还提到我。说我去看望他,送去乌龙茶。

我掩卷叹息。在燕南园邻居中沈先生不算老邻居,不像王力先生、江泽涵先生那样,从昆明时起一直做邻居,在相隔不过数百米的空间里走过了半个世纪。不过在燕南园邻居中,我最常见到的,可以说是沈先生。因为我每天清晨外出走路(号称做气功),必经过五十三号,总见他在松墙后草地上活动。我常想问一问做的什么操,却始终没有问。忽然有几个星期没有看见,还没有来得及想是怎么回事,沈先生已去世了。

母亲病重时,我曾去向沈太太查良锭先生请教营养方面的问题,她是协和医院的营养师。我也曾好几次想去旁听沈先生关于生命科学的讲座,但像我想做的许多事一样,皆为"梦幻泡影"。

对沈先生有点认识,是由"总鳍鱼"引起的。

总鳍鱼登陆发生在古代泥盆纪,距今已三亿五千万年了。它们登陆后发展为两栖动物,又发展为高级脊椎动物。如果没有总鳍鱼登陆,就没有今天的人类。而其中一支鱼不肯登陆，不肯变革，不肯发展，亿万年后成为总鳍鱼的活化石。七十年代末我一直想用两支总鳍鱼的命运写一篇童话，提醒人们僵化保守固步自封的下场。

童话本是最容许想象自由驰骋的文学体裁，不过内容有关生物发展，就不该违背科学史实。一九八三年初秋，我动笔写这篇童话时，为了避免错误，便去请教沈先生。

沈先生觉得我的想法很有意思。我想他可以立刻回答的，他却说要再查一查。这是读书人的习惯。似乎是当天下午，沈先生打电话来，说已查到，让我就去。我到五十三号院中，见他已站在门廊下等我。那天飘着雨丝，草地绿得发亮。

他递给我一张纸，又拿起一本大书，之上工整地用英文写着一段话，是从那书上抄下来的。沈先生不算长辈，但当时也已满头白发，我很惶恐，连说："说说就行了，写着多费事。"

沈先生却不嫌费事，见我有些专门名词不认得，还加以讲解，足以作为我笔下总鳍鱼生活的根据了。童话写成后，发表在上海《少年文艺》上，后获全国首届儿童文学优秀创作奖。

沈先生一九三九年自美国康乃尔大学学成归国，一九四〇年开始在西南联大任教，主持动物实验室。也曾在北门街唐家大戏台上住过,那是当时几位单身教员的宿舍。

我以为写《野葫芦引》第二部《东藏记》时,他一定会给我丰富的材料,也以为近在咫尺,随时可以讨教。不料《东藏记》尚未开始,却再无谈话机会了。

但那几个字仍在我耳边回响,"向上!向上!!向上!!!"

仙踪何处

冰心老人离开我们了。

人们常把这种离去称为仙逝。我觉得谢先生确实是成了仙了。她随世纪而来，又随世纪而去，有着完满的一生。她不只是好作家，也是好女儿、好妻子、好母亲，有这样福分的人不多。

中国伦常的一项重要内容是朋友。谢先生有很多朋友，这又是一种难得的福分。她爱朋友们，朋友们也爱她。赵萝蕤先生曾对我说，她结婚前，谢先生专到她家讨论这桩婚事，这关心让人难忘。经过了"十年浩劫"，人们渐渐从麻木中醒来，彼此有了来往。赵先生和我商量去看望老人。我们去了，大家都十分高兴，谈话很随意。当然还有那只猫。在梁启超书的那幅"世事沧桑心事定，胸中海岳梦中飞"字下照相时，我想，这对老人来说，是重复而又重复的节目了。她却不嫌烦，因为她心里装着朋友。赵先生先老人一年而去，如今她们在一起时，不知会讨论哪些话题。

老人世事洞明，晚年更增添了棱角。她的短文《我请求》影响很大，一位自小相识的准兄弟看后责备我："你怎么不写一篇？"我很难回答。以后的文章《等待》，似很平淡，也给人极深的印象。这一篇简单朴素的文字，只写了几个家人，却装着一个大关心，关心着人民的疾苦和祖国的命运。

这个多福的老人留给我们一个谜，这个谜恰在我身边。老人曾居住于燕南园，那是她婚后最初的家。我曾认为她住的是六十六号，有何根据，却记不得、说不出了。近见有文章，说林庚先生也说是六十六号。但吴青说是六十号，当然应以她的话为准。有意思的是，燕南园房屋样式多不相同，恰恰这两幢十分相像，都是带有门廊的二层小楼，里面结构也大致相同。记得谢先生有文《我的家在哪里》，描写梦中回到各个时期的家，似乎没有提到燕南园。现在若回来，会分辨出哪一座是最初的家吗？

谢先生是成了仙了，她从闪烁的星空中俯视我们，从溶溶的春水中映照我们。在一次冰心奖的发奖会上,我曾写过两句话,"**繁星爱之光,春水生之意**"。那是永远的爱之光,永远的生之意。

星期三的晚餐

去年春来时,我正在医院里。看见小花园中的泥土变得湿润,小草这里那里忽然绿了起来,真有说不出的安慰和兴奋。"活着真好。"我悄悄对自己说。

那时每天想的是怎样配合治疗。为补元气,饮食成为一件大事。平常我因太懒,奉行"宁可不吃也不做"的原则。当然别人做了好吃的,我也有兴趣,但自己是懒得动手的。得了病,别人做来我吃,成为天经地义,还唯恐不合口味。做者除了仲和外甥女冯枚,扩及住得近的表弟、表妹和多年老友立雕(韦英)夫妇。

立雕是闻一多先生次子,和我同岁。我和他的哥哥立鹤同班,可不知为什么我和闻老二比闻老大熟得多。立雕知道我的病况后,认下了每星期三的晚餐,把探视的日子留给仲。因为星期三不能探视,就需要花言巧语费尽周折才能进到病房。每次立雕都很有兴致地形容他的胜利。后来我身体渐好,便到楼下去"接饭"。见他提着饭盒沿着通道走来,总要微惊,原来我们都是老人了。

好一碗鸡汤面!油已去得干净,几片翠绿的菜叶,让人看了胃口大开。又一次是煮米粉,不知都放了什么佐料,我居然把一碗吃完。立雕还征求意见:"下次想吃什么?"

"酿皮子。"我脱口而出,因为知道春华弟妹是陕西人。

"你真会挑!"又笑加一句,"你这人天生的要人侍候。"

又是一个星期三,果然送来了酿皮子。那东西做起来很麻烦,要用特制的盘子盛了面糊,在开水里搅来搅去。味道照例是浓重的。饭盒里还有一个小碟,放了几枚红枣。立雕说这是因为佐料里有蒜,餐后吃点枣可以化解蒜味儿,是春华预备的。

我当时想,我若不痊愈,是无天理。

立雕不只拿来晚饭,每次还带些书籍来。多是关于抗战时昆明生活的。一次说起一九四五年一月我们随闻一多先生到石林去玩。闻先生那张口衔烟斗的照片就是在石林附近尾泽小学操场照的。

"说起来,我还没有这张照片呢。"我说。

"洗一张就是了。"果然下次便带来了那照片。比一般常见的大些。闻先生浓眉下双目炯炯有神,正看着我们,烟斗中似有轻烟升起。

闻先生身后有个瘦瘦的小人儿,坐在地上,衣着看不清,头发略长,弯弯的。

"呀!"我叫了一声,"这是谁呀?"

素来反应迟钝的仲这次居然一眼看清,虽然他从未见过少年时的我:"这是谁?这不是我们的病号吗!"

立雕原来没有注意,这时鉴定认可。我身旁还有一个年轻人,不是立雕,也不是小弟,总是当时的熟人吧。

素来自命清高,不喜照相,人多时便躲到一边去。这回怎么了!我离闻先生不近,却正好照上了。而且在近五十年后才发现。看见自己陪侍闻先生在照片里,觉得十分快乐。

在昆明有一段时间,我们和闻家住隔壁。家门前都有西餐桌面大的一小块土地,都种了豌豆什么的,好掐那嫩叶尖。母亲和闻伯母常各自站在菜地里交谈。小弟向立鹤学得站立洗脚法,还向我传授。盆放在凳子上,人站在地下,两脚轮流做金鸡独立状。我们就一面洗一面笑。立鹤很有才华,能绘画、善演戏,英语也不错,若是能够充分发挥,应也像三弟立鹏一样是位艺术家。可叹他在一九四六年的灾难中陪同闻先生在鬼门关走了一遭；一九五七年又被错误地批判，并受了处分，经历甚为坎坷，心情长期抑郁不畅。他一九八一年因病去世，似是同辈人中最早离去的。

那次去石林是西南联大学生组织的，请闻先生参加。当时立鹤、立雕兄弟，小弟和我都是联大附中学生，是跟着闻先生去的。先乘火车到路南，再骑一种矮脚马。我们那时都没有棉衣，记得在旷野中迎风骑马，觉得寒气沁人。骑马到尾泽后，住在尾泽小学。以后无论到哪里都是步行了。先赏石林的千姿百态，为那鬼斧神工惊叹不止。再访瀑布大叠水、小叠水。给我印象最深的是尾泽附近的长湖。湖边的石奇巧秀丽，树木品种很多，一片绿影在水中，反照出来，有一种淡淡的幽光。水面非常安详闲在，妩媚极了。我以后再没有见到这样纯真妩媚的湖。一九八〇年回昆明，再去石林，见处处是人为的痕迹，鬼斧神工的感觉淡得多了。没有人提到长湖，我也并不想再去，怕见到那本是不食人间烟火的天真烂漫，也沾惹上市井之气。

这张照片中没有风景，那时大同学组织活动，目的也不在风景。只是我太懵懂了，只记得在操场围成一个大圈子，学阿细跳月。闻先生讲话，大同学朗诵诗、唱歌，内容都不记得了。

一九八〇年曾为衣冠冢写了一首诗，后半段有这样几句:"亲眼见那燃着的烟斗／照亮了长湖边的苍茫暮霭／我知道这家内还有它／除了衣冠外"。原来照片中不只有它,还有我。

闻先生罹难后,清华不再提供住宅。父母亲邀闻伯母带领孩子们到白米斜街家中居住。我们住后院,立雕一家住前院。常和小弟三人一道骑车。那时街上车辆不像现在这样拥挤,三人并排而行,也无人干涉。现存有几张当时在北海拍摄的相片,一张是立雕和我在白塔下,我的头发和在闻先生背后这一张还是一模一样。后来我们迁到清华住了,他们一家经组织安排到了解放区。一晃便是几十年过去了。

在昆明时,教授们为生活所迫,不得不做点能贴补家用的营生。闻先生擅长金石,对美学和古文字又有很高的造诣,这时便镌刻图章,石章每字一千二百元,牙章每字三千元。立雕、立鹤兄弟两人有很好的观摩机会,渐得真传,有时也分担一些。立雕参加革命后长期做宣传工作,一九八八年离休,在家除编辑新编《闻一多全集》的《书信卷》之外,还应邀为浠水闻一多纪念馆设计和编写展览脚本。近期又将着手编闻先生的影集《人民英烈闻一多》。看样子他虽离休了,事情还很多,时间仍是不敷分配。

看来子孙还是非常重要,闻先生不只有子,而且有孙。

《闻一多年谱长编》是由立雕之子闻黎明编写的。黎明查找资料很仔细，到昆明看旧报，见到冯爷爷的材料也都摘下。曾寄来蒙自"故居"的照片，问"璞姑"是不是这栋房子。房子不是，但在第三代人心中存有关切，怎不让人感动！

父亲前年去世后，立雕写了情意深重的信。信中除要以他们兄妹四人名义敬献花圈外，还说："伯父去世是我们国家和人民的重大损失。我永远忘不了在我们最困难的时候，伯父、伯母给我们的关怀、帮助和安慰。我们两家两代人的友谊，是我脑海中永不会消失的美好记忆与回忆。"

从那桌面大的豌豆地，从那长湖上的暮霭，友谊延续着，通过了星期三的晚餐，还在延续着。我虽伶仃，却仍拥有很多。我有知我、爱我的朋友，有众多的堂兄弟姊妹、表兄弟姊妹，还有因上一代友情延续下来的诸家准兄弟姊妹——

比起"文革"间那一次重病的惨淡凄凉，这次生病倒是满风光的。怎舍得离开这个世界呢。

活着真好。

悼张跃

张跃,中国哲学史研究者,三松堂的关门弟子,冯友兰先生的最后一个博士生。

他很年轻,时间在他身上停止时,不过三十三岁。不知他还有多少计划,多少梦想,可是本来应是慷慨给予的年岁竟然掠走了一切。

去年春天,我从医院经过治疗回到燕南园,他曾来看望。当时说是睡眠很不好。我们没有料到这是重病的表现。夏天听说他住医院了。还曾想以后要给他介绍一种有助于睡眠的气功。十二月二十二日我奉双亲归窆,知他关心,也曾通知,而那时他已不能起床了。

六天以后,他随老师游于地下。这消息我是从电话中得知的,当时已又是一年春了。我惊诧叹息,人生真不可测。

父亲最后几年的著书生活中,常为助手问题苦恼,学校没有名额，找人抄抄写写总不当意，一九八五年任又之（继愈）先生建议，最好带博士生。学生可以随在身边学习，又可以帮助工作，可谓一举两得。于是，便有张跃出现在三松堂前。

这是个能干的年轻人，父亲有四字评语："书而不呆。"和我家几个"又书又呆"或竟"呆而不书"的呆子们相比，能帮得上忙多了。他来时，《中国哲学史新编》第四册刚开始。他除在指导下读书写论文，便是帮助查找资料，看《新编》稿，间或也帮助记录。父亲从他那缩微资料馆般的头脑中提出篇目，张跃便去查找。有一次父亲要外子蔡仲德找一本书，说记得这书家里是有的。蔡教授遍找无着，次日准备到大图书馆去借。不料张跃一出书房门，便看见走廊里的一堆书中赫然躺着那本书。为这事我们笑了一个月。

三年一转眼过去，张跃毕业了，获北京大学哲学博士学位，仍回宗教所工作。但他还是每周来一次帮助《新编》的写作。那时我们已找到一位退休中学教员马凤荪先生，旧学颇有根底。作记录胜任愉快，形成了一个较稳定的班子。

《新编》的完成张跃是有功的。在马先生来以前，笔录的人水平很差，张跃为了弄清究竟是哪几个字，就得向失聪的老人嚷嚷半天。父亲对中国哲学有话要说，原拟写

八十一、八十二两章,但内容似少些。是张跃建议合并为一章,成为八十一章,即现在的讲解中国哲学的底蕴精神的最后一章,父亲对八十一这数字很满意。

记得那是在中日友好医院病房里谈论这事的。在走廊上张跃对我说:"不管怎样,先弄出一个提纲也好。"都怕父亲写不完这书,他竟以惊人的毅力字斟句酌地写完了,不仅只是提纲。而只有他年纪三分之一的张跃,患病前正在写《冯友兰先生传略》。他竟没有写完。

人们说,这是他们师生的缘分。他们一起看到《新编》的成稿,却都没有能看见最后一册的出版。最后一册,不知什么时候才能出版。时有读者写信,或竟登门来问,我回答不出。

对老人的生活,张跃也是关心的。往医院看望,每每一陪就是一下午。若干年前,父亲的一位老学生送来一架粉碎机,我搁着没有用。直到这早先看来较特殊的小小机器有了普遍性。直到张跃来了,而且熟了,自告奋勇摆弄它半小时,机器才开始工作。

《新编》第七册完成后,父亲照例向帮助工作的学者们致谢,这是最后一册,父亲把我和仲都写上了,我以为不必,删去了。张跃提出也不要写他,我们当然没有同意。书而不呆,能干而不自矜,这样的人,似乎日见其少了。

张跃的硕士论文题目是《理学的产生与时代精神》，博士论文题目是《唐代后期儒学的新趋向》，已编辑成书，由台湾文津出版社收入该社的博士丛书。

人生匆匆，真如过客。过客的身份，是每一个人都一样的，但每个人留在别人心中的，很不一样。

刚毅木讷近仁

张岱年先生的著作，我家有好几种，大部分是张先生送给先君冯友兰先生的。也有几种赐我和外子仲，如《张岱年学术论著自选集》《中国伦理思想研究》《张岱年文集》等。我以为哲学书是要正襟危坐来读的，但总没有这样的日子。近日，仲往中关园探望，又带回一本《张岱年学术文化随笔》。因为书名是随笔，似乎可以随便读，一读之下，启示良多，没想到我也是要把学术思想变为随笔才能领会。后又浏览《中国文化及哲学》等书，便有一些想法。张先生书的一个突出特点是个性鲜明，他旁征博引，用的材料很多，但是绝无堆砌之弊，而是经过咀嚼消化，条理分明地用来说出自己的看法。父亲曾说张先生的著作读来亲切有味，我想这是因为他提炼了中国文化的精髓，给我们的不仅是香醇的乳汁，而且是乳汁的乳汁，是奶油。

我很喜欢《论中国文化的基本精神》一文。文中提到中国文化的四个基本要点，即刚健有力、和与中、崇德利用、天人协调。我读后精神为之一振。文中说，《周易·大传》提出"刚健"的学说："大有，其德刚健而文明，应乎天而时行。"又云："大畜，刚健笃实辉光，日新其德。"这些都是赞扬刚健的品德。《象传》说："天行健，君子以自强不息。"天体运行，永无已时，故称为"健"。"健"含有主动性、能动性以及刚强不屈之义。君子法天，故应自强不息。张先生特别赞赏"天行健，君子以自强不息"的思想，在多篇文章中都讲到。这句话下面还有一句"地势坤，君子以厚德载物"。坤者，顺也，大地以其宽厚能载万物，也就是要宽容，要兼容并包。这句话很重要，如无厚德载物的地，自强不息的天是没有根基的。这两句话曾被清华大学作为校训，激励着许多学子，它镌刻在年轻人的心里。我自己非常喜欢这两句话，曾多次建议清华恢复这一校训，许多校友都有这想法。近闻清华大礼堂内原有的这八个字已经恢复，看来有望。张先生文的第二个要点：和与中。"以他平他谓之和"，意谓聚集不同的事物而得其平衡，叫作"和"，这样就能产生新事物，所以说"和实生物"。"君臣亦然，君所谓可，而有否焉；臣献其否，以成其可。君所谓否，而有可焉，臣献其可，以去其否，是以政平而不干。"这是《左传》记晏婴的话,君与臣也不能只是君说了算,要讨论哪些是否,哪些是可。第三个要点是"正德、利用、厚生"。这是春秋时代的三事说,意即端正品德,善于使用工具器物,改善丰富生活。这就包括了人的精神和物质两方面生活。第四个要点是"天人协调"。《文言》说:"夫大人者,与天地合其德,与日月合其明,与四时合其序,与鬼神合其吉凶。先天而天弗违,后天而奉天时。"《基本精神》文中说:"此所谓先天,即引导自然;此所谓后天,即随顺自然。在自然变化未萌之先加以引导,在自然变化既成之后注意适应,做到天不违人,人亦不违天,即天人相互协调。"张先生把中国文化精神从糟粕中清理出来,让我们知道该继承什么,而不是只盯着三纲五常,认为中国文化一无是处。若能把这几点略通一二,人们就会清醒些,就不会在糟粕中打滚,不会以邪门歪道求进身,不会用站笼把人活活站死,也不会学抽鸦片烟!

读这本书,知道一点张先生提出的文化综合创意的学说。有人说这一学说提示了文化发展的规律,因为文化总是在推陈出新的。这是大学问,我无研究。又知道张先生从青年时代就是唯物论者。《世界文化与中国文化》(一九三三年)一文中贯穿了辩证思想。最后写道:"文化是最复杂的现象，文化问题只有用唯物辩证法对待，才能妥善地处理。列宁说：'在文化问题上，性急与皮相是最有害的。'这是我们应永远注意的名言。"张先生自选集中收了这篇文章。他在三十年代就引用列宁的话了。我上过张先生所授的历史唯物主义和辩证唯物主义课，当时有人议论，说张先生讲的唯物论不见得合官方的意思。我懵懵懂懂地过了好些年，现在才逐渐明白，他讲的唯物论，大概是和政治有距离的，所以有学院派马克思主义者之称。去年在加拿大，有几位哲学教授，对张先生的文章都很钦佩，虽然他们都是有信仰的神学家。若论信仰唯物论，张先生可谓老资格，但似一直没有得到应有的重视，他从未当过什么委员、代表，倒是赶上当了回"右派"。

北大中哲史教研室主任陈来先生有一篇文章，其中说："冯先生的《中国哲学史》，张先生的《中国哲学大纲》，前者以人物为主线，后者以问题为纲，一纵一横，构成现代中国哲学史研究的经典双璧。"我读陈来文章才知道，有一段时期，因为是"右派"，张先生的书不能用真名出版。无独有偶，冯先生的书五六十年代在台湾多次出版，却没有作者名字，好像这书是从天上掉下来的。曾遇一韩国作家，他说他很感谢偷印这书的人，不然就读不到，岂非大遗憾。现在在台湾读冯著倒是方便了，谁知又有新麻烦。

　　我一直认为"右派"都是聪明人。近闻有一位老学者说，"右派"是中华民族的光荣和骄傲。这是现在的认识，那时的经历，可是太惨痛了。曾与张先生谈及那一段生活，我问是什么支持着他，他答道："批判想不通，觉得世间再无公理，曾有过自杀的念头。但想到我若自杀，你七姑和孩子就没法活了。"在最艰险的时刻，是朴素的亲情挽住了生命之舟。我自己也有亲身体会。

　　家里有一张古老的结婚照片，许多人簇拥着魁伟的新郎和娇小的新娘，那便是张先生和我的堂姑母，七姑妈冯缨兰。前面站的两个小女孩，穿着红缎镶亮边的小袍子，高的是张申府先生的女儿，矮一些的就是我，所以我在七岁就认识张先生了。七姑曾在清华乙所和我们城内寓所住过一段时期，但是张先生很少理会孩子，不像陆先生（侃如）还曾把我们孩子抡起来转圈，使得大家都很高兴。那是因为张先生满心装的都是哲学，别的再也塞不进去。七姑曾形容他，上公共汽车永远是被别人挤下来，怎么也上不去。这些年，我却越来越觉得张先生亲近，从心里爱戴他。张先生为人厚道，有求必应，这是众所周知的。我们常常觉得他也能说句"不"才好。

　　父亲和张先生俱治中国哲学，方法、道路不同，但他们互相理解、互相尊重，且有很深的感情，那并不是因为姻亲的关系。父亲去世的次日，张先生赶到家里，一定要去医院看望，我不愿老人看见他所关心的人躺在一个冰冷的匣子里，但是七姑父坚持要去，非去不可。当时有几位清华教师同来吊唁，乃陪同前往。两位老学者，一个躺着，一个站着，阴阳两隔，相对无语，似乎时间都凝固了。事隔多年，写到这一段，我还是忍不住自己的眼泪。父母亲下葬的那天，大雪纷飞，郊外青山如着一袭素衣。亲友们站在雪地中，没有一位肯戴帽子。张先生披着雪花作墓前演说，他说冯先生是一位与时俱进的思想家，他的一生是追求真理的一生。张先生的话透过雪花，在众人心上回荡。

一九九一年我罹重病，张先生数次从中关园步行半小时来看望。我知道他看望的不只是我。

我们一代又一代的学者，都是在努力追求真理，但是他们的步履是多么艰难！从焚书坑儒始，各种查禁，以至于砍头，可以作一部专史。到"文化大革命"，歪曲批判，残酷斗争，还有各种助纣为虐的唾骂，一起上阵。他们坚持活下来，完成自己认为应该做的事，这需要多么大的勇气和毅力。东坡论留侯云："天下有大勇者，卒然临之而不惊，无故加之而不怒，此其所挟持者甚大，而其志甚远也。"在荆棘中行走的人，很少认为自己是大勇者，只是有一种精神，一种志向，遂留下了名山事业。

有的人内涵很少，却从外界得到很多，有的人内涵丰富，却从外界得到很少，这也就是一种平衡吧。

"刚毅木讷近仁"，是孔夫子的话，父亲用来形容张先生（见《张岱年文集》序）。我写下这句话作题目时还以为是自己的发明呢，其实我一定读过这篇序的。张先生有一枚非等闲的闲章，镌有"直道而行"四字。他确实是直道而行，所以不会挤公共汽车。他口吃，不善言词，木讷气质一见便知，于木讷中自有一种温厚气象，使人如坐春风。这春风很近，因为房间堆满书，人能占有的地方很小。在表弟未分得房子时，张先生的书斋放不下一把待客的椅子，我们去了，索性坐在床上。现在倒是有了一张凸凹不平的老式沙发，人先需侧行，然后就座。张先生重听，日益严重，而我听力、视力减退的速度似乎要和老人比赛，大家促膝而谈，倒免得高声。

以上文字是去年写的，总想再改得好些，便搁着。转眼冬去春来，一九九七年三月二十二日《张岱年全集》出河北人民出版社出版并举行了首发式。张先生命我参加，我当时正在医院又一次和病魔斗，未能前往。本来对一位哲学家的著作轮不到我发言，但以我三重身份：学生、晚辈和读者，似还是可以说几句，意思虽肤浅，心却是真挚的。

张先生亲自参加《全集》的首发式，亲眼见到自己的全集出版，这样的例子并不多。我很为张先生高兴，也为读者高兴。没怎么听见动静，《全集》便到了读者面前，而且装帧精美，错字很少。比较起来，《三松堂全集》的出版过程要艰难得多，已历经十二个寒暑（玄奘取经也不过十四载），还不知何时能见全貌，只有耐心等待了。

去年一份报纸上刊出张家二老的照片，有小字说明他们都是七十八岁的老人。其实去年他们是八十七岁，今年正好是米寿大庆。我想"改得好些"的愿望，看来一时做不到了，乃将去年之稿略作修改，祝贺《张岱年全集》的出版，并为二老寿。

《晚年随笔》序

梅祖彦先生和我们永别了,他留下了教书育人等业绩,在著述方面有水利机械的专著,也留下了这部《晚年随笔》。从这部遗作,我们看到了一个正直的爱国知识分子的一生,也使我想起许多往事。

三十年代,清华园工字厅西南侧有三栋房屋,称为甲乙丙三所,丙所换了好几位主人,甲所是梅贻琦校长住宅,我家长期住在乙所。我的哥哥钟辽和祖彦同岁,祖彦的妹妹祖芬和我同岁。两组人水平不同,不常在一起玩。只记得有一次,不知做什么游戏,大家扛着竹竿从工字厅东侧的小山上排着队往下走,很有点雄赳赳气昂昂的意思,这大概就是两位兄长日后从军的伏线。

抗战时期大家在昆明。四十年代初我的父母到重庆成都一带。我和弟弟钟越在梅家寄居半年有余,都是梅伯母照顾，我又常常生病，梅伯母真是费尽了心。我们姐弟和祖芬一个房间，梅家的三个姐姐反而无处住，晚上只好到南院女生宿舍去。房间里并排三张小床，床上的蚊帐是祖彦的劳动，他拿着锤子钉子敲一阵，使我们免受蚊虫骚扰。祖彦肯于助人，对自己要求很严。有一次吃鸡蛋，每人分得半个，要给正患感冒的祖彦一个，他怎么也不肯吃。梅伯母说这孩子就是这样，绝不自己娇自己。

祖彦的一生有几件大事，他都有专文记载。从一九四三年下半年到一九四四年秋，正在反法西斯战争后期，中国在云南西部开展了极为艰苦的反攻，把盘踞在滇西一带的日寇全部消灭，这是一次伟大的胜利。祖彦经历了这一战役的全过程。当时征调四年级同学做翻译，祖彦是二年级，在一次动员大会后他立刻报名做志愿人员。他的两个姐姐祖彤祖杉也同时作为志愿人员报名参军。因为招收女兵的计划有变，祖杉未去，祖彤则参加了国际救护组织，为抗战效力。祖彦从军后，在领导部门做翻译工作，有时也到前线，经历了滇西特殊战场的磨炼。这在《军事翻译员经历追忆》一文中有详细的记载。

他的另一件大事是一九五四年从美国回国。这是一个爱国青年的选择。我父亲曾说："祖彦的难得就在他的一家都在美国，他又是家中的独子，却能坚决回来。"他需要怎样的割舍和决裂！他回国后再也没有见到自己的父亲，直到三十四年以后，才在台湾梅园献上一束迟到的鲜花。那时回国并不是买张机票就可以了，而是要冲破重重阻碍，必须有坚定的决心，才能做到。我曾问过他，怎么会有这样的决心？他的回答不很具体，他是向着一个理想走的，他对理想的认识并不深，但是我想年轻人有理想本身就是非常美好的了不起的事。

我本来不知道祖彦在本行以内的成绩，读完这本书知道他在水利机械方面很有贡献。他不只做教学工作，还参加水电站的实际设计工作。他参加了密云水库的建设，当时实行"三边工程"（边勘测，边设计，边施工），施工员坐等设计，图纸画好，拿起就走，还喊着"刚出笼的"。施工以后，再不惮其烦地改，好像做衣服改纸样一样，我们的建设对人力物力的浪费实在惊人。祖彦是以全身心投入他的专业的，因为英语好，他在专业的国际交流方面做了大量工作，他一点不轻视翻译。他尤其注意得到外面的新鲜信息，参加了很多国际会议。

祖彦还有另外一个值得敬重的方面：那就是他在担任政协委员人大代表的期间，很认真地做工作，他把这些当作工作而不是当作一个荣誉的头衔。《晚年随笔》中写道："现在一般群众衡量人民代表是否称职，只能凭其已有的知名度，而无法了解其政治见解，社会上以致有的代表也认为当个人民代表只是一种荣誉，而对代表的责任和义务没有深刻认识。"能够认真地把人大代表当作一件工作来做不是人人都能做到的。祖彦对人大代表制度还提出了一些建议。特别是关于选举，但能起到多少作用就很难说了。

《晚年随笔》中还有一段话，说美国做过一个调查，社会上只要有百分之七的人努力工作，社会就会进步。而他常常对自己的学生说，希望他们成为百分之七中的一个。祖彦以他认真的劳动、不懈的努力尽他作为社会一分子的职责。他关心社会，热心公益，就在今年他第一次住进医院时，还在惦记怎样处理一本写西南联大的不实之书。

《晚年随笔》记下的这些事，从各个方面都可以归结到爱国。他从军是要保卫自己的国家，他回国是要建设自己的国家，总的来说都是爱国。这里说的爱国不是指政权，而是爱自己生长的土地，爱自己赖以滋润精神的文化，爱我们深厚的历史，爱那注入了自己理想的未来，真正爱自己国家的人也会爱世界，这是一种非常美好的感情。他是社会里一个健康的细胞，我们很需要这样的细胞。

《晚年随笔》即将出版，祖彦夫人刘自强和梅二姐祖彤命我为序。我也许是不称职的，我的了解毕竟很少。但我愿意说几句话。人去了，一切终难再现。梅祖彦，作为一个正直的爱国知识分子，他的精神将会传之久远。

燕园

我生命中逝去的那些至亲至爱的人

去的尽管去了,来的尽管来着;去来的中间,又怎样地匆匆呢?

许多许多人去世了,我还活着。

最亲的人啊,最真的痛……

三松堂断忆

转眼间父亲离开我们已经快一年了。

去年这时,也是玉簪花开得满院雪白,我还计划在向阳的草地上铺出一小块砖地,以便把轮椅推上去,让父亲在浓重的树荫中得一小片阳光。因为父亲身体渐弱,忙于延医取药,竟没有来得及建设。九月底,父亲进了医院,我在整天奔忙之余,还不时望一望那片草地,总不能想象老人再不能回来,回来享受我为他安排的一切。

哲学界人士和亲友们认为父亲的一生总算圆满,学术成就和他从事的教育事业使他中年便享盛名,晚年又见到了时代的变化,生活上有女儿侍奉,诸事不用操心,能在哲学的清纯世界中自得其乐。而且,他的重要著作《中国哲学史新编》,八十岁才开始写,许多人担心他写不完,他居然写完了。他是拼着性命支撑着,他一定要写完这部书。

在父亲的最后几年里，经常住医院，一九八九年下半年起更为频繁。一次是十一月十一日午夜，父亲突然发作心绞痛，外子蔡仲德和两个年轻人一起，好不容易将他抬上救护车。他躺在担架上，我坐在旁边，数着脉搏。夜很静，车子一路尖叫着驶向医院。好在他的医疗待遇很好，每次住院都很顺利。一切安排妥当后，他的精神好了许多，我俯身为他掖好被角，正要离开时，他疲倦地用力说："小女，你太累了！""小女"这乳名几十年不曾有人叫了。"我不累。"我说，勉强忍住了眼泪。说不累是假的，然而比起担心和不安，劳累又算得了什么呢。

过了几天，父亲又一次不负我们的劳累和担心，平安回家了。我们笑说："又是一次惊险镜头。"十二月初，他在家中度过九十四寿辰。也是他最后的寿辰，这一天，民盟中央的几位负责人丁石孙等先生前来看望，老人很高兴，谈起一些文艺杂感，还说，若能汇集成书，可提名为"余生札记"。

这余生太短促了。中国文化书院为他筹办了庆祝九五寿辰的"冯友兰哲学思想国际研讨会"，他没有来得及参加。但他知道了大家的关心。

一九九〇年初，父亲因眼前有幻象，又住医院。他常常喜欢自己背诵诗词，每住医院，总要反复吟哦《古诗十九首》。有记不清的字，便要我们查对。"青青陵上柏，磊磊涧中石。人生天地间，忽如远行客。""浩浩阴阳移，年命如朝露。人生忽如寄，寿无金石固。"他在诗词的意境中似乎觉得十分安宁。一次医生来检查后，他忽然对我说："庄子说过，生为附赘悬疣，死为决疣溃痈。孔子说过，朝闻道，夕死可矣。张横渠又说，生吾顺事，没吾宁也。我现在是事情没有做完，所以还要治病。等书写完了，再生病就不必治了。"我只能说："那不行，哪有生病不治的呢！"父亲微笑不语。我走出病房，便落下泪来。坐在车上，更是泪如泉涌。一种没有人能分担的孤单沉重地压迫着我。我知道，分别是不可避免的。

我们希望他快点写完《新编》，可又怕他写完。在住医院的间隙中，他终于完成了这部书。亲友们都提醒他还有本《余生札记》呢。其实老人那时不只有文艺杂感，又还有新的思想，他的生命是和思想和哲学连在一起的，只是来不及了，他没有力气再支撑了。

人们常问父亲有什么遗言。他在最后几天有时念及远在异国的儿子钟辽和唯一的孙儿冯岱。他用力气说出的最后的关于哲学的话是："中国哲学将来要大放光彩！"他是这样爱中国，这样爱哲学。当时有李泽厚和陈来在侧。我觉得这句话应该用大字写出来。

然后，终于到了十一月二十六日那凄冷的夜晚，父亲那永远在思索的头脑进入了永恒的休息。

作为父亲的女儿，而且是数十年都在他身边的女儿，在他晚年又身兼几大职务，秘书、管家兼门房，医生、护士带跑堂，照说对他应该有深入的了解，但是我无哲学头脑，只能从生活中窥其精神于万一。根据父亲的说法，哲学是对人类精神的反思。他自己就总是在思索，在考虑问题。因为过于专注，难免有些呆气。他晚年耳目失其聪明，自己形容自己是"呆若木鸡"。其实这些呆气早已有之。抗战初期，几位清华教授从长沙往昆明，途经镇南关，父亲手臂触城墙而骨折。金岳霖先生一次对我幽默地提起此事，他说："当时司机通知大家，不要把手放在窗外，要过城门了。别人都很快照办，只有你父亲听了这话，便考虑为什么不能放在窗外，放在窗外和不放在窗外的区别是什么，其普遍意义和特殊意义是什么。还没考虑完，已经骨折了。"这是形容父亲爱思索。他那时正是因为在思索，根本就没有听见司机的话。

他的生命就是不断地思索，不论遇到什么挫折，遭受多少批判，他仍顽强地思考，不放弃思考。不能创造体系，就自我批判，自我批判也是一种思考。而且在思考中总会冒出些新的想法来。他自我改造的愿望是真诚的，没有经历过二十世纪中叶的变迁和六七十年代的各种政治运动的人,是很难理解这种自我改造的愿望的。首先,一声"中国人民站起来了"促使了多少有智慧的人迈上走向炼狱的历程。其次,知识分子前冠以"资产阶级",位置固定了,任务便是改造,又怎知自是之为是,自非之为非?第三,各种知识分子的处境也不尽相同,有居庙堂而一切看得较为明白,有处林下而只能凭报纸和传达,也只能信报纸和传达。其感受是不相同的。

幸亏有了新时期,人们知道还是自己的头脑最可信。父亲明确采取了不依傍他人,"修辞立其诚"的态度。我以为,这个诚字并不能与"伪"相对。需要提出"诚",需要提倡说真话,这是我们这个时代的大悲哀。

我想历史会对每一个人作出公允的、不带任何偏见的评价。历史不会忘记有些微贡献的每一个人,而评价每一个人时,也不要忘记历史。

父亲一生对物质生活的要求很低,他的头脑都让哲学占据了,没有空隙再来考虑诸般琐事。而且他总是为别人着想,尽量减少麻烦。一个人到九十五岁,没有一点怪癖,实在是奇迹。父亲曾说,他一生得力于三个女子:一位是他的母亲、我的祖母吴清芝太夫人,一位是我的母亲任载坤先生,还有一个便是我。一九八二年,我随父亲访美,在机场上父亲作了一首打油诗:"早岁读书赖慈母,中年事业有贤妻。晚来又得女儿孝,扶我云天万里飞。"确实得有人料理俗务,才能有纯粹的精神世界。近几年,每逢我的生日,父亲总要为我撰寿联。一九九〇年夏,他写最后一联,联云:"鲁殿灵光,赖家有守护神,岂独文采传三世;文坛秀气,知手持生花笔,莫让新编代双城。"父亲对女儿总是看得过高。"双城"指的是我的长篇小说,第一卷《南渡记》出版后,因为没有时间,没有精力,便停顿了。我必须以《新编》为先,这是应该的,也是值得的。当然,我持家的能力很差,料理饭食尤其不能和母亲相比,有的朋友都惊讶我家饭食的粗糙。而父亲从没有挑剔,从没有不悦,总是兴致勃勃地进餐,无论做了什么,好吃不好吃,似乎都滋味无穷。这一方面因为他得天独厚,一直胃口好,常自嘲"还有当饭桶的资格";另一方面,我完全能够体会,他是以为能做出饭来已经很不容易,再挑剔好坏,岂不让管饭的人为难。

父亲自奉甚俭,但不乏生活情趣。他并不永远是道貌岸然,也有豪情奔放,潇洒闲逸的时候,不过机会较少罢了。一九二六年父亲三十一岁时,曾和杨振声、邓以蛰两先生,还有一位翻译李白诗的日本学者一起豪饮,四个人一晚喝去十二斤花雕。六十年代初,我因病常住家中,每于傍晚随父母到颐和园包坐大船，一元钱一小时，正好览尽落日的绮辉。一位当时的大学生若干年后告诉我说，那时他常常看见我们的船在彩霞中飘动，觉得真如神仙中人。我觉得父亲是有些仙气的，这仙气在于他一切看得很开。在他的心目中，人是与天地等同的。"人与天地参"，我不止一次听他讲解这句话。《三字经》说得浅显，"三才者，天地人"。既与天地同，还屑于去钻营什么！那些年，一些稍有办法的人都能把子女调回北京，而他，却只能让他最钟爱的幼子钟越长期留在医疗落后的黄土高原。一九八二年，钟越终于为祖国的航空事业流尽了汗和血，献出了他的青春和生命。

父亲的呆气里有儒家的伟大精神，"天行健，君子以自强不息"，自强不息到"知其不可而为之"的地步；父亲的仙气里又有道家的豁达洒脱。秉此二气，他穿越了在苦难中奋斗的中国的二十世纪。他的一生便是二十世纪中国文化的一个篇章。

据河南家乡的亲友说，一九四五年初祖母去世，父亲与叔父一同回老家奔丧，县长来拜望，告辞时父亲不送，而对一些身为老百姓的旧亲友，则一直送到大门，乡里传为美谈。从这里我想起和读者的关系。父亲很重视读者的来信，许多年常常回信。星期日上午的活动常常是写信。

和山西一位农民读者车恒茂老人就保持了长期的通信,每索书必应之。后来我曾代他回复一些读者来信,尤其是对年轻人,我认为最该关心,也许几句话便能帮助发掘了不起的才能。但后来我们实在没有能力做了,只好听之任之。把人家的千言信万言书束之高阁,起初还感觉不安,时间一久,则连不安也没有了。

时间会抚慰一切,但是去年初冬深夜的景象总是历历如在目前。我想它是会伴随我进入坟墓的了。当晚,我们为父亲穿换衣服时,他的身体还那样柔软,就像平时那样配合。他好像随时会睁开眼睛说一声"中国哲学将来会大放光彩"。我等了片刻,似乎听到一声叹息。

不得不离开病房了。我们围跪在床前,忍不住痛哭失声!仲扶着我,可我觉得这样沉重的孤单!在这茫茫世界中,再无人需我侍奉,再无人叫我的乳名了。这么多年,每天清晨最先听到的,是从父亲卧房传来的咳嗽,每晚睡前必到他床前说几句话。我怎样能从多年的习惯中走得出来!

然而日子居然过去快一年了。只好对自己说,至少有一件事稍可安慰。父亲去时不知道我已抱病。他没有特别的牵挂,去得安心。

文章将尽,玉簪花也谢尽了。邻院中还有通红的串红和美人蕉,记得我曾说串红像是鞭炮,似乎马上会劈劈啪啪响起来,而生活里又有多少事值得它响呢?

三松堂岁暮二三事

往年每到十二月初,总要收一通祝贺父亲寿诞的信件和卡片,最准时的是父亲的老友,两卷本《中国哲学史》的英译者,卜德先生。我一见那几个中国字,便知是这位老人了。到十二月十日左右,便开始收到祝贺新年的美丽的卡片了。家里每个人都收到一些,有时还要比一比,"今年我得的最早","谁说的!我昨天就得了"。我会把收到的贺卡大声喊给父亲听,连从花园中穿过的行人都听得见。

父亲去世已两年了。十二月的热闹冷落下来。两年来,信件少多了,本应该完全没有父亲的信了,但还是陆续不断,从全世界。昨天去哲学系办点小事,又带回一叠信件。

信件中有张向父亲祝贺新年的音乐卡,是河北水产学校一个名叫娄震宁的学生寄来的,卡上写道:我带着仰慕和敬爱的心情，在天涯为您祈祷，祝愿您新年愉快，健康长寿。

这是今年的第一张节日卡。

记得父亲去世以后，我第一次在信箱里拿到给他的信，心里有一种凄然而异样的感觉。那是英国一家学术出版公司寄来的，关于哲学和医药的书目。这种书目以前我是根本不拆的，这次却反复看了好久，还想到书房去，大声喊着告诉什么什么事，几乎举起脚步，忽然猛省，即使喊破了喉咙，谁来听呢。

渐渐地，我习惯了。习惯于收阅寄给另一世界的信件。多半置之不理，有时也代复。譬如询问何处可买到《三松堂全集》《中国哲学史》《中国哲学史新编》等书，就要回复。虽然明知回复了也还是买不到的。

这次拿回的信件中，有几个新鲜机构和编辑部约请帮助，还有两本与父亲无关的校友通讯，不知何故寄来。积两年之经验，得一印象，真的有许多人是不看报纸的。我不知道这是好习惯或坏习惯，可能什么习惯也不是，只是太忙了。

来信人中也有明察秋毫的。一封打听《新编》售书处的信是写给我的。信封上写的是北京大学哲学系转冯友兰先生家冯宗璞女士。另一封给我的信因不知我的地址，写的是"北京大学冯友兰先生纪念馆转交"。许多人昧于已发生的事,混淆了阴阳界。这位朋友本着善良的愿望,想当然以为必有一个纪念馆,把未发生的事当真了。孰知虽有关心的各方人士倡议,此事还不大有要成为现实的样子。

庭院中三松依旧,不时有人来凭吊并摄影。那贺卡中平凡的乐音似乎在三棵松间萦绕。读三松堂书的人,都会在心中有一个小小的纪念馆。

一块大石头

这样一块大石,不是碑,不是柱,只是石头。立在众多的拥挤的墓碑中,进得万安公墓,向左转过一处假山,即可看见。石头略带红色,若有绿松掩映最好。但是没有,有的是许久不填平的新穴和坑坑洼洼的小路。

静极了,冬日的墓地。远处传来清脆的敲石头的声音,越显得寂静把墓地罩得很紧。

大石在寂静和寒冷中默默地站着。石上刻有"冯友兰先生夫人之墓"几个大字。我的父母亲就长眠在这里。我原想要一块自然的大石,不着一点人工痕迹,现在这一块前面还是凿平了,习惯是很难改的。

十二月四日,是父亲的诞辰,冥寿九十七岁。我一家人在六日来扫墓。先将墓石擦拭干净,然后献上几朵深红色的玫瑰花,花朵在一片灰蒙蒙中很打眼。这是墓中唯一的红色。

我们站在墓前,也被寂静笼罩住了。

去年安葬时,正是冬至。从早便飘着雪。雪花纷纷扬扬,墓地一片白。来参加葬礼的亲友都似披了一层花白毯子。我请大家不必免冠,大家还是脱下帽子一任雪花飘洒。白雪掩盖了墓志,一个年轻人不戴手套,用手抹去雪花。他是那热衷创立"从零到零"体系的学生,我记得。

张岱年先生在墓前讲话,说冯先生的一生是好学深思,永远追求真理的一生,永远跟随时代前进的一生,他对中国文化的贡献是巨大的。也向我的母亲——为父亲承担了一切俗务的母亲,表示敬意。如果没有母亲几十年独任井臼之劳,父亲这样专心于学问也是不可能的。

我的弟弟、飞机强度专家冯钟越随父母安葬于此,这对于逝者和生者,都是很大的安慰。

墓穴封住了,大家献上鲜花。花朵在冷风中瑟缩着。它们本来是经不起寒冷的,这也是一种牺牲吧。

而墓中人再也不怕冷了,那深深的洞穴啊!

今年清明前后,一直下小雨。我们在清明后一天来到墓地。没想到平常极清静的墓地如同闹市一般,人们在墓石间穿来穿去,不少人把放置在骨灰堂里的骨灰盒拿出来,摆在石桌上一起坐一会儿。天阴得很,雨丝若有若无,草都绿了。更显得有生气的是各个墓上摆了各种鲜花,有折枝,有盆花,有花篮和花圈,和灰色的天空成为强烈的对比。父母亲的邻墓有一座较高大的碑,刻了不少子孙的名字,似是兴旺人家。墓上摆了两个大花篮,紫色的绸带静静地从花篮上垂下来。一路走过去,我心里很不安,我们来晚了,带的花太少了!大石头前果然显得很空,但是我们马上发现,这里并不孤寂。

一束小小的二月兰放在墓志石上。这是一种弱小的野花,北京西郊几个园子里都很多。那么是有人来凭吊过了,是谁?是朋友?是学生?是读者?大概我们永远不会知道。

我们献上几枝花,小心地不碰着二月兰。

我们在寂静中站着,敲石头的声音响着,很清脆。

我们的祈求是一致的,保佑平安。

学术基金

十二月十二日,北京大学接受冯友兰先生捐献的人民币五万元,设立了冯友兰学术基金。

数目小得可怜，心愿却大得不得了。

父亲在三十年代就提出要"继往开来"，认为这是他作为一个哲学家一生的使命。一九四六年他撰写西南联大纪念碑文，文中有句云："我国家以世界之古国，居东亚之天府，本应绍汉唐之遗烈，作并世之先进。将来建国完成，必于世界历史，居独特之地位。盖并世列强，虽新而不古；希腊罗马，有古而无今。唯我国家，亘古亘今，亦新亦旧。斯所谓'周虽旧邦，其命维新'者也。"他后来一再提出，"旧邦新命"是现代中国的特点。中国有源远流长丰富宏大的文化，这是旧邦；中国一定要走上现代化的道路，作并世之先进，这是新命。在三松堂寓所书房壁上，挂了他自撰自书的一副对联："阐旧邦以辅新命，极高明而道中庸。"上联是平生之志向，下联是追求之境界。

父亲希望有更多青年学子加入阐旧邦以辅新命的行列。所以就要以基金为基础，在北大中文、历史（中国历史）、哲学（中国哲学）三系设立奖学金，并每三年一次面向全国奖励有创见的哲学著作。

父亲最关心哲学，但不限于哲学。他任清华大学文学院长十八年，清华文学院是一座极有特色的文科学府，至今为学者们所怀念。父亲曾说，他一生最幸福的时光就是在清华的那一段日子。

又因为西南联大老校友加籍学人余景山先生用加币在北大哲学系设立了冯友兰奖学金,已经数年,对哲学系就不必再有偏向。

当我把款项交出去时,颇有轻松之感。"又办完一件事。"我心里在告禀。

回想起来,父亲和母亲一生自奉甚俭,对公益之事总是很热心的。一九四八年父亲从美国回来,带回一个电冰箱,当时是清华园中唯一的,大概北京城也不多。知道校医院需要,立即捐出。近年又向家乡河南唐河县图书馆和祁仪镇中学各捐赠一万元。款项虽小,也算是为文教事业作出的小小的呐喊吧。

北大校园电视校内新闻节目中,播出了设立冯友兰学术基金的消息。荧屏上出现了父亲的画像,那样泰然,那样慈祥。他看着我,似乎说:"你又办完一件事,可你的《野葫芦引》呢?"

《野葫芦引》是我的一部长篇小说,是父亲一直关心的。可我不争气。写完第一卷《南渡记》,一停就是四年。还不知道下一个野葫芦在哪里。

九十华诞会

一九八五年十二月四日,是父亲九十寿诞。我们家本来没有庆寿习惯。母亲操劳一生,从未过一次生日。自进入八十年代,生活渐稳定,人不必再整天检讨,日子似乎有点滋味;而父亲渐届耄耋,每一天过来都不容易。于是每逢寿诞,全家人总要聚集。父亲老实地坐在桌前,戴上白饭巾,认真又宽宏地品尝每一样菜肴,一律说好。我高兴而又担心,总不知明年还能不能有这样的聚会。

一年年过来了。今年从夏天起,便有亲友询问怎样办九十大庆。也有人暗示我国领导人是不过生日的。我想一位哲学家可以不必在这一点上向领导看齐。与其在追悼会上颂扬一番,何如在祝寿时大家热闹欢喜。活到九十岁毕竟是难得的事。我那久居异国的兄长钟辽,原也是诗、书、印三者兼治的,现在总怀疑自己的中国话说得不对,早就

"声称"要飞越重洋，回来祝寿；父亲的学生、《三松堂自序》笔录者、《三松堂全集》总编纂涂又光居住黄鹤楼下，也有此志。北京大学中国哲学史教研室汤一介等全体同仁，热情地提出要为父亲九十寿诞举行庆祝会。父亲对此是安慰的，高兴的，我知道。

记得一九八三年十二月，北京大学哲学系为父亲庆祝执教六十周年时，当时北大校长张龙翔和清华副校长赵访熊两先生都在致词中肯定了父亲的爱国精神，肯定了一九四八年北平解放前夕他从美国赶回，是爱国的行动，并对他六十年的教学与研究工作作了好的评价。老实说，三十多年来，从我的青年时代始，耳闻目睹，全是对父亲的批判。父亲自己，无日不在检讨。家庭对于我，像是一座大山压在头顶，怎么也逃不掉的。在新中国移去了人民头上三座大山后，不少人又被自己的家庭出身压得喘不过气来。我因一直在中央机关工作，往来尽有识之士，所遇大体正常。但有一个在检讨中过日子的父亲，并不很轻松。虽然他的检讨不尽悖理，虽然有时他还检讨得很得意，自觉有了进步。

那是我第一次听到对父亲过去行为的肯定而不是对他检讨的肯定，老实说，骤然间，我如释重负。这几年在街上看见花红柳绿的穿着，每人都有自己的外表，在会上听到一些探讨和议论，每人都有自己的头脑，便总想喊一声，哦！原来生活可以是这样。在如释重负的刹那，我更想喊一声：幸亏我活着，活过了"文化大革命"，活到今天！

一位九十岁哲学老人活着，活到今天，愈来愈看清了自己走过的路，不是更值得庆贺么？他活着，所以在今年十二月四日上午举行了庆祝会。会上有许多哲学界人士热情地评价了他在哲学工作上的成就，真心实意地说出了希望再来参加"茶寿"的吉利话。茶字拆开是一百零八，我想那只是吉利话，但是真心实意的吉利语。现在人和人的关系不同了。人和人之间不再只是揭发、斗争和戒备，终日如临大敌，而也有了互相关心和信任，虽然还只是开始。人们彼此本来应该这样对待。

在会上还听到哲学系主任黄枬森的发言。他不只肯定了老人的爱国精神，还说了这样的话："在解放前夕，冯先生担任清华校务会议代理主席，北平解放后，他把清华完整地交到人民手中，这是一个功绩。"我们又是第一次听到这样的肯定。这次不再如释重负，而是有些诧异，有些感动。父亲后来说："当时校长南去，校务会议推选我代理主席，也没有什么大机智大决策，只是要求大家坚守岗位，等候接管。这也是校务会议全体同仁的意思。现在看来，人们的看法愈来愈接近事实。这是活到九十岁的好处。"

父亲还说："长寿的重要在于能多明白道理，尤其是哲学道理，若无生活经验，那是无法理解的。孔子云：'假我数年，五十以学易，可以无大过矣。'五十岁以前，没有足够的经验，不能理解周易道理；五十以后，如果老天不给寿数，就该离开人世了。所以必须'假我数年'。若不是这样，寿数并不重要。"

中国数千年历史中，年过九十的哲学家只有明朝中叶的湛若水和明末清初的孙奇逢二人。父亲现已过九十，向百岁进军。这当然和全国人民寿命增长，健康水平提高有关。毕竟到了二十世纪下半叶了，转眼便要进入二十一世纪。人所处的时代不同，条件不同，人本身，也总该有所不同了罢。

这"人"的条件的准备，从中国传统文化能取得什么，一直是大家关心的问题。从父亲身上我看到了一点，即内心的稳定和丰富。这也可能是长寿的原因之一。他在具体问题前可能踌躇摇摆，但他有一贯向前追求答案的精神，甚至不怕否定自己。历史的长河波涛汹涌，在时代证明他的看法和事实相谬时，他也能一次再一次重新起步。我常说中国人神经最健全，经得起折腾。这和儒家对人生的清醒、理智的态度和实践理性精神，是有关系的。而中国传统文明的另一重要精神，无论是曾点"浴乎沂，风乎舞雩，咏而归"的愿望，或是庄子游于无何有之乡的想象，或是"我来问道无余说，云在青天水在瓶"的禅宗境界，都表现了无所求于外界的内心的稳定和丰富。

提起宋明道学，一般总有精神屠刀的印象，其流毒深远，确实令人痛恨。但在"人欲尽处，天理流行"之下，还有"乐其日用之常……直与天地万物，上下同流"等话。照父亲的了解，那"孔颜乐处"，是把出世和入世的精神结合起来，从而达到彼岸性和此岸性的一致。所以能"胸次悠然"。所以父亲能在被批判得体无完肤，又屡逢死别的情况下活下来，到如今依然思路清楚、记忆鲜明，没有一点老人的执拗和怪癖。有的老先生因看不懂自己过去的著作而厌世，有的老先生因耳目失其聪明而烦躁不安，父亲却依然平静自如。其实他目力全坏，听力也很可怜。但他总处于一种怡悦之中。没人理时，便自己背诗文。尤爱韩文杜诗。有时早上一起来便在喃喃背诵。有时有个别句子想不起来，要我查一查，也要看我方便。他那脑子皱褶像一个缩微资料室。所以他做学问从不在卡片之类上下功夫，也很少笔记。

四日这天黄昏，在不断前来祝寿的亲友中来了一位负责编写西南联大校史的教师，她带来西南联大纪念碑的拓片，询问一些问题。我们看了拓片都很感慨。这篇文章是父亲平生得意之作。他的学生赞之为有论断、有气势、有感情、有文采、有声调，抒国家盛衰之情，发民族兴亡之感，是中国现代史上一篇大文。一九八〇年我到昆明，曾往联大旧址，为闻一多先生衣冠冢和纪念碑各写了一首小诗。纪念碑一首是这样的：

> 那阳光下极清晰的文字
> 留住提炼了的过去
> 虽然你能够证明历史
> 谁又来证明你自己

到了一九八五年，人们不再那么热衷证明过去了，过去反倒清楚起来。因为轮廓清楚了，才觉得有些事其实无需计较的。

我们还举行了一次寿宴，请了不少亲友参加。父亲的同辈人大都在八十岁以上了。我平素不善理事，总有不周到处，这次也难免。但看到大红绸上嵌有钟鼎文寿字的寿幛，看到坐在寿幛前的精神矍铄的父亲，旁边有哥哥认真地为他夹菜，我相信没有人计较不周到。大家都兴高采烈。寿，人人喜欢；老寿翁，也人人喜欢。那飘拂的银髯，似乎表示对人生已做了一番提炼，把许多本身的不纯净，或受到的误解和曲解都洗去了，留下了闪闪的银样的光泽。

"为天下的父母，喝一口酒。"我说。

有的父母平凡，有的父母伟大。就一个家庭来说，不论业绩如何，每位父母如果年届九十，都值得开一个庆祝会。

心的嘱托

冯友兰先生——我的父亲，于一八九五年十二月四日来到人世，又于一九九〇年十二月四日毁去了皮囊，只剩下一抔寒灰。在八天前，十一月二十六日二十时四十五分，他的灵魂已经离去。

近年来，随着父亲身体日渐衰弱，我日益明白永远分离的日子在迫近，也知道必须接受这不可避免的现实。虽然明白，却免不了紧张恐惧。在轮椅旁，在病榻侧，一阵阵呛咳使人恨不能以身代。在清晨，在黄昏，凄厉的电话铃声会使我从头到脚抖个不停。那是人生的必然阶段，但总是希望它不会来，千万不要来。

直到亲眼见着他的呼吸渐渐急促，血压下降，身体逐渐冷了下来，直到亲耳听见医生的宣布，还是觉得这简直不可能，简直不可思议。我用热毛巾拭过他安详的紧闭了双目的脸庞，真的听到了一声叹息，那是多年来回响在耳边的。我们把他抬上平车，枕头还温热。然而我们已经处于两个世界了。再无需我操心侍候，再得不到他的关心和荫庇。这几年他坐在轮椅上，不时会提醒我一些极细微的事，总是使我泪下。我的烦恼，他无需耳和目便能了解。现在再也无法交流。天下耳聪目明的人很多，却再也没有人懂得我的有些话。

这些年，住医院是家常便饭。这一年尤其频繁。每次去时，年轻的女医生总是说要有心理准备。每次出院，我都有骄傲之感。这一次，是《中国哲学史新编》完成后的第一次住院，孰料就没有回来。

七月十六日，我到人民出版社交《新编》第七册稿。走上楼梯时，觉得很轻快，真是完成了一件大任务。父亲更是高兴，他终于写完了。直到最后一个字，都是他自己的，无需他人续补。同时他也感到长途跋涉后的疲倦。他的力气已经用尽，再无力抵抗三次肺炎的打击。他太累了，要休息了。

"存，吾顺事；殁，吾宁也。"父亲很赞赏张载《西铭》中的这最后两句，曾不止一次讲解：活着，要在自己恰当的位置上发挥作用；死亡则是彻底的安息。对生和死，他都处之泰然。

父亲在清华任教时的老助手、八十八岁的李濂先生来信说："十一月十四日夜梦恩师伏案作书，写至最后一页，灯火忽然熄灭，黑暗之中，似闻恩师与师母说话。"正是那天下午，父亲病情恶化。夜晚我在病榻边侍候，父亲还能继续说几个字："是璞么？是璞么？""我在这儿。是璞在这儿。"我大声叫他，抚摩他，他似乎很安心。我们还以为这一次他又能闯过去。

从二十五日上午，除了断续的呻吟，父亲没有再说话。他无需再说什么，他的嘱托，已浸透在我六十二年的生命里；他的嘱托，已贯穿在众多爱他、敬他的弟子们的事业中；他的嘱托，在他的心血铸成的书页间，使全世界发出回响。

父亲是走了，走向安息，走向永恒。

十二月一日兄长钟辽从美国回来。原来是来祝寿的，现在却变为奔丧。和母亲去世时一样，他又没有赶上；但也和母亲去世一样，有了他，办事才有主心骨。我们秉承父亲平常流露的意思，原打算只用亲人的热泪和几朵鲜花，送他西往。北大校方对我们是体贴尊重的。后来知道，这根本行不通。

络绎不绝的亲友都想再见上一面，不停的电话询问告别日期。四川来的老学生自戴黑纱，进门便长跪不起。南朝鲜学人宋兢燮先生数年前便联系来华,目的是拜见老人。现在只能赶上无言的诀别。总不能太不近人情,这毕竟是最后一面。于是我们决定不发讣告,自来告别。

柴可夫斯基哽咽着的音乐伴随告别人的行列回绕在遗体边,真情写在每一个人脸上。最后我们跪在父亲的脚前时,我几乎想就这样跪下去,大声哭出来,让眼泪把自己浸透。从母亲和小弟离去,我就没有痛快地哭一场。但是我不能,我受到许多真诚的心的簇拥和嘱托,还有许多许多事要做,我必须站起来。

载灵的大轿车前有一个大花圈,饰有黑黄两色的绸带。我们随着灵车,驶过天安门。世界依然存在,人们照旧生活,一切都在正常运行。

我们一直把父亲送到炉边。暮色深重,走出来再回头,只看见那黄色的盖单,它将陪同父亲到最后的刹那。

两天后,我们迎回了父亲的骨灰,放在他生前的卧室里。母亲的遗骨已在这里放了十三年。现在二老又并肩而坐,只是在条几上。明春将合葬于北京万安公墓。侧面是那张两人同行的照片。母亲撑着伞,父亲的一脚举起,尚未落下。那是六十年代初一位不知姓名的人在香山偷拍的。当时二老并不知道。摄影者拿这张照片在香港出售,父亲的老学生加籍学人余景山先生恰巧看见,遂将它买下。

七十年代末方有机会送来。母亲也见到了这帧照片。

亲爱的双亲，你们的生命的辉煌乐章已经终止，但那向前行走的画面是永恒的。

借此小文之末，谨向所有关心三松堂的亲友致谢。关系有千百种不同，真情的分量都不同寻常。踵吊和唁文未能一一答谢，心灵的慰藉和嘱托永远铭记不忘。

那青草覆盖的地方

那青草覆盖的地方,藏着一段历史和我一生中最美好的记忆。

清华园内工字厅西南,有一座小树林。幼时觉得树高草密。一条小径弯曲通过,很是深幽,是捉迷藏的好地方。树林的西南有三座房屋,当时称为甲、乙、丙三所。甲所是校长住宅。最靠近树林的是乙所。乙所东、北两面都是树林,南面与甲所相邻,西边有一条小溪,溪水潺潺,流往工字厅后的荷花池。我们曾把折好的纸船涂上蜡,放进小溪,再跑到荷花池等候,但从没有一只船到达。

先父冯友兰先生作为哲学家、哲学史家已经载入史册。他自撰的茔联"三史释今古,六书纪贞元",概括了自己的学术成就。他一生都在学校工作,从未离开教师的岗位,他对中国教育事业的贡献是和清华分不开的,是和清华的成长分不开的。这是历史。

一九二八年十月,他到清华工作,找到了"安身立命之地"。先在南院十七号居住,一九三〇年四月迁到乙所。从此,我便在树林与溪水之间成长。抗战时,全家随学校去南方,复员后回来仍住在这里。我从成志小学、西南联大附中到清华大学,已不觉是树林有多么高大,溪水也逐渐干涸,这里已不再是儿时的快乐天地,而有着更丰富的内容。一九五二年院系调整,父亲离开了清华,以后不知什么时候,乙所被拆掉了,只剩下这一片青草覆盖的地方。

清华取消了文科,不只是清华,也是整个教育界、学术界的重大损失。同学们现在谈起还是非常痛心。那时清华的人文学科,精英荟萃。也许不必提出什么学派之说,也许每一位先生都可以自成一家。但长期在一起难免互有熏陶,就会有一些特色。不要说一个学科,就是文、理、法、工各个方面也是互相滋养的。单一的训练只能培养匠气。这一点越来越得到共识。

父亲初到清华就参与了一件大事,那就是清华的归属问题,从隶属外交部改为隶属教育部。他曾作为教授会代表到南京,参加当时的清华董事会,进行力争,经过当时的校长罗家伦和大家的努力,最后清华隶属教育部。我记得以前悬挂在西校门的牌子上就赫然写着"国立清华大学"。了解历史的人走过门前都会有一种自豪感。因为清华大学的成长,是中国近代学术独立自主的发展过程的标志。

在乙所的日子是父亲最有创造性的日子。除教书、著书以外,他一直参与学校领导工作。一九二九年任哲学系主任,从一九三一年起任文学院院长。当时各院院长由教授会选举产生,每两年改选一次。父亲任文学院院长达十八年,直到解放才卸去一切职务。十八年的日子里,父亲为清华文科的建设和发展作出了哪些贡献,现在还少研究。我只是相信学富五车的清华教授们是有眼光的,不会一次又一次地选出一个无作为、不称职的人。

在清华校史中有两次危难时刻。一次是一九三〇年,罗家伦校长离校,校务会议公推冯先生主持校务,直至一九三一年四月,吴南轩奉派到校。又一次是一九四八年底,临近解放,梅贻琦校长南去,校务会议又公推冯先生为校务会议代理主席,主持校务,直到一九四九年五月。世界很大,人们可以以不同的政治眼光看待事物,冯先生后来的日子是无比艰难的,但他在清华所做的一切无愧于历史的发展。

作为一个教育工作者,他爱学生。他认为清华学生是最可宝贵的,应该不受任何政治势力的伤害。他居住的乙所曾使进步学生免遭逮捕。一九三六年，国民党大肆搜捕进步学生，当时的学生领袖黄诚和姚依林躲在冯友兰家，平安度过了搜捕之夜，最近出版的《姚依林传》也记载了此事。据说当时黄诚还作了一首诗，可惜没有流传。临解放时，又有一次逮捕学生，女学生裴毓荪躲在我家天花板上。记得那一次军警深入内室，还盘问我是什么人。后来为安全计，裴毓荪转移到别处。七十年代中，敏荪学长还写过热情的信来。这样念旧的人，现在不多了。

学者们年事日高，总希望传授所学，父亲也不例外。解放后他的定位是批判对象，怎敢扩大影响，但在内心深处，他有一个感叹，一种悲哀，那就是他说过的八个字："家藏万贯，膝下无儿"，形象地表现了在一个时期内，我们文化的断裂。可以庆幸的是这些年来，三史、六书俱在出版。一位读者写信来，说他明知冯先生已去世，但他读了"贞元六书"，认为作者是不死的，所以信的上款要写作者的名字。

父亲对我们很少训诲，而多在潜移默化。他虽然担负着许多工作，和孩子们的接触不很多，但我们却感到他总在看着我们，关心我们。记得一次和弟弟还有小朋友们一起玩。那时我们常把各种杂志放在地板上铺成一条路，在上面走来走去。不知为什么他们都不理我了，我们可能发出了什么声响。父亲忽然叫我到他的书房去，拿出一本唐诗命我背，那就是我背诵的第一首诗，白居易的《百炼镜》。这些年我一直想写一个故事，题目是《铸镜人之死》。我想，铸镜人也会像铸剑人投身入火一样，为了镜的至极完美，纵身跳入江中（"江心波上舟中制，五月五日日午时"），化为镜的精魂。不过又有多少人了解这铸镜人的精神呢。但这故事大概也会像我的很多想法一样，埋没在脑海中了。

此后，背诗就成了一个习惯。父母分工，父亲管选诗，母亲管背诵，短诗一天一首，《长恨歌》、《琵琶行》则分为几段，每天背一段。母亲那时的住房，三面皆窗，称为玻璃房。记得早上上学前，常背着书包，到玻璃房中，站在母亲镜台前，背过了诗才去上学。

乙所中的父亲工作顺利，著述有成。母亲持家有方，孩子们的读书笑语声常在房中飘荡。这是一个温暖幸福的家。这个家还和社会联系着，和时代联系着。不只父亲在复杂动乱的局面前不退避，母亲也不只关心自己的小家。一九三三年，日军侵犯古北口，教授夫人们赶制寒衣，送给抗日将士。一九四八年冬，清华师生员工组织了护校团，日夜巡逻，母亲用大锅煮粥，给护校的人预备夜餐。一位从联大到清华的学生，许多年后见到我时说："我喝过你们家的粥，很暖和。"煮粥是小事，不过确实很暖和。

那青草覆盖的地方，虽然现在草也不很绿，我还是感觉到暖意。这暖意是从逝去了而深印在这片土地上的岁月来的，是从父母的根上来的，是从弥漫在水木清华间的一种文化精神的滋养和荫庇来的。我倚杖站在小溪边，惊异于自己的老而且病，以后连记忆也不会有了。这一片青草覆盖的地方，又会变成什么模样？

他的"迹"和"所以迹"

——为冯友兰先生一百一十年冥寿作

人寿绝少超过百年,而思想却可以活过百年千年,一直活下去。一九九〇年我的父亲冯友兰先生去世。头几年,信箱里仍常有他的信件。我看到总有一种异样的感觉,觉得是混淆了阴阳界。我拆阅,小心地收好,偶然也回复。后来,信渐渐少了,他的著作的传播却从未停止。前两个月又收到写给冯先生的信。信是一位在北大就读的台湾学生写的。他说:"冯大师:虽然我知道这是一封您收不到的信,但我还是想向您表达敬意。""'贞元六书'是改变我一辈子的书,过去我太注重人的动物性,忽略了人的人性,在您的书中我深刻地体会到人性的重要性。"过了几天又有人说起读《中国哲学史新编》的体会,说那真是一部浩瀚如海的大文化史。

父亲已经去世了，只能从九天之上俯视我们，而他的书仍活在人间，与我们为伴。

"贞元六书"是冯先生于抗日战争中在一盏菜油灯下写出的六本书，这六本书构成了他完整的哲学体系。

《新世训》序云："事变以来，已写三书。曰《新理学》，讲纯粹哲学。曰《新事论》，谈文化社会问题。曰《新世训》，论生活方法，即此是也。书虽三分，义则一贯。"《新原人》序云："此书虽写在《新事论》《新世训》之后，但实为继《新理学》之作。"书中提出了人生境界说，要人不断地提高自己的精神境界。《新知言》序云："前发表一文《论新理学在哲学中底地位及其方法》，后加扩充修正，成为二书，一为《新原道》，一即此书。《新原道》述中国哲学之主流，以见新理学在中国哲学中之地位。此书论新理学之方法，由其方法，亦可见新理学在现代世界哲学中之地位。承百代之流，而会乎当今之变，新理学继开之迹，于兹显矣。"序虽简短，六书各自的地位，彼此的关系说得很是明白。

冯先生说，他的哲学是最哲学的哲学，于实际无所肯定。去年，一位老哲学工作者茅冥家先生，写了一本书叫《还原冯友兰》，他的意思就是冯友兰被扭曲了，现在来还原他，这个书写得很内行。他说《新原道》讲形上学的历史，在中国没有一本书讲形上学的历史。如果黑格尔读到这本书，就不会说中国没有哲学了。这是茅冥家先生的意见。我想做学问就像冯先生在《新原道》序言中说的，"学问之道，各崇所见，当仁不让"。我觉得这个话非常好。当仁不让，这样才能百家争鸣。当然这也要有它的环境。

一九二六年，冯先生在燕京大学任教，教授中国哲学史，就开始酝酿写一部中国哲学史。一九二八年到清华，从此找到了安身立命之地。在那里他一直参与学校的领导工作，在教学和行政工作之余，写出了两卷本的《中国哲学史》，这是我国第一部完整的用现代方法写成的中国哲学史，对这个哲学史我也是越来越认识到它的价值。因为以前读书就是这样读过去，知其然不知其所以然。这些年读到一些文章，如任继愈先生有文章说，冯先生具有高度的概括能力，现代的治学方法，把我们的中国哲学史梳理得非常清楚，原来说不清楚的地方现在都说清楚了。例如把惠施哲学归结为合同异，把公孙龙哲学归结为离坚白。大家读起来以为本来就是这样的，其实这是我们前辈学者经过多少辛苦工作整理出来的。其他还有很多例子，例如把王弼的《老子注》和郭象的《庄子注》从《老子》《庄子》的附庸地位中独立出来。

美国学者欧迪安特别推崇冯先生关于郭象的文章，把它译成英文。一九九五年我在美国，她把译稿用特快专递寄我，表示对冯先生的崇敬。

关于冯先生对中国哲学史的贡献，陈来教授有一篇文章，说明了哪些地方是冯先生第一次提出来的，说得很详细。冯先生的这些新见发前人之所未发，也是后人不能改变的。

一九四六到一九四七年，冯先生在美国宾州大学讲授中国哲学史，同时和卜德教授一起翻译两卷本的《中国哲学史》。冯先生用英文授课，这个讲稿就是后来的《中国哲学简史》。有人误认《简史》为两卷本《中国哲学史》的缩写本，这是完全错误的。它不是两卷本《中国哲学史》的缩写本，而是一本全新的书。如果只是缩写，内容就只限于两卷本原有的，但这书有冯先生新的研究心得，是在一个新的高度上写出的。它用不长的篇幅把很长的中国哲学史说得极为明白而且有趣，真是一本出神入化的书。我每读都如醍醐灌顶，心神宁静。去年有赵复三先生的新译本，译文准确流畅，也是难得的。

我们迎来了改革开放，他得以用全身心写作《中国哲学史新编》。他用尽了生命写出了这部书，用"春蚕到死丝方尽，蜡炬成灰泪始干"这两句诗来形容实不为过。这部哲学史有它自己的特点，也提出新的看法。

《新编》自序中说这部书的特点"除了说明哲学家的哲学体系外，也讲了一些他所处的政治社会环境。这样做可能失于芜杂。但如果做得比较好，这部《新编》也可能成为一部以哲学史为中心而又对于中国文化有所阐述的历史"。我想他是做到了。

《新编》提出了许多新看法，如对佛教的发展过程，提出"格义"、"教门"、"宗门"三个阶段；又如认为太平天国是向中世纪神权的倒退。最后更提出了"仇必和而解"的论断，指出人类社会应该走上和谐、理解的道理。

父亲曾自撰茔联："三史释今古，六书纪贞元"，这是他对自己工作的总结，也是他的"迹"。现在要问一问"所以迹"，怎么会有这些"迹"。

有人问我，冯先生一九四八年在美国，为什么回国。我对这个问题很惊讶，他不可能不回国，这里是他的父母之邦，是和他的血肉连接在一起的。政权是可以更换的，父母之邦不能更换。中国文化是他的氧气，他离不开这古老的土地。这种感情不是一个"爱国主义"所能包括的，当然他并没有预测到以后会经历这样坎坷的生活。这也不是冯友兰一个人的经历，他可以说是一个代表人物。

他在《新世训》序中说："贞元者，纪时也。当我国家复兴之际，所谓贞下起元之时也。我国家民族方建震古烁金之大业,譬之筑室,此三书者,或能为其壁间之一砖一石欤?是所望也。"

《新原人》也有序云:"为天地立心,为生民立命,为往圣继绝学,为万世开太平。此哲学家所应自期许者也。况我国家民族,值贞元之会,当绝续之交,通天人之际,达古今之变。"在这样的情况下,哲学工作者"岂可不尽所欲言,以为我国家致太平、我亿兆安心立命之用乎?虽不能至,心向往之。非曰能之,愿学焉。"

全部"贞元六书"充满着抗战必胜的坚定信念,祖国昌盛、民族复兴的热切期望。对祖国的热爱,是他回国的原因,也是他去留学的原因,也是他全部学术工作的根本动力。抗战胜利,西南联大结束,冯先生写了西南联大纪念碑文,以纪念这一段历史。有文云:"并世列强,虽今而不古,希腊罗马,有古而无今。惟我国家,亘古亘今,亦新亦旧,斯所谓周虽旧邦,其命维新者也。"我们是数千年文明古国,到现在还是生机勃勃,有着新的使命。新命就是现代化,要建设我们自己的现代化国家。旧邦新命,这是冯先生常说的一句话。杨振宁先生说,他第一次读到旧邦新命这四个字时,感到极大的震撼。他还对清华中文系的同学说,应该把纪念碑文背下来。冯先生把这个意思另写了另一副对联:"阐旧邦以辅新命,极高明而道中庸。"这副对联悬于他书房东墙，人谓"东铭"，与张载的"西铭"并列。下联的意思是，他追求人生的最高境界（极高明），但又不离乎人伦日用（道中庸），这种境界就是即世间而出世间，上联的意思是他要把我们古老文化的营养汲取出来，来建设我们的现代化国家。这就是他的"所以迹"。

一副茔联，一副对联，一共二十四个字，概括了他的一生。

这二十四个字包含的内容是那样丰富，充满了智慧的光辉，在流逝的时间里时明时暗，却从未断绝，也不会断绝。

花朝节的纪念

农历二月十二日,是百花出世的日子,为花朝节。节后十日,即农历二月二十二日,从一八九四年起,是先母任载坤先生的诞辰。迄今已九十九年。

外祖父任芝铭公是光绪年间举人。早年为同盟会员,奔走革命,晚年倾向于马克思主义。他思想开明,主张女子不缠足,要识字。母亲在民国初年进当时的女子最高学府北京女子师范学校读书。一九一八年毕业。同年,和我的父亲冯友兰先生在开封结婚。

家里有一个旧印章,刻着"叔明归于冯氏"几个字。叔明是母亲的字。以前看着不觉得怎样,父母都去世后,深深感到这印章的意义。它标志着一个家族的繁衍,一代又一代来到世上扮演各种角色,为社会作一点努力,留下了各种不同的色彩的记忆。

在我们家里，母亲是至高无上的守护神。日常生活全是母亲料理。三餐茶饭，四季衣裳，孩子的教养，亲友的联系，需要多少精神！我自幼多病，常在和病魔作斗争，能够不断战胜疾病的主要原因是我有母亲。如果没有母亲，很难想象我会活下来。在昆明时严重贫血，上纪念周站着站着就晕倒。后来索性染上肺结核休学在家。当时的治法是一天吃五个鸡蛋，晒太阳半小时。母亲特地把我的床安排到有阳光的地方，不论多忙，这半小时必在我身边，一分钟不能少。我曾由于各种原因多次发高烧，除延医服药外，母亲费尽精神护理。用小匙喂水，用凉手巾敷在额上。有一次高烧昏迷中，觉得像是在一个狭窄的洞中穿行，挤不过去，我以为自己就要死了，一抓到母亲的手，立刻知道我是在家里，我是平安的。后来我经历名目繁多的手术，人赠雅号"挨千刀的"。在挨千刀的过程中，也是母亲，一次又一次陪我奔走医院。医院的人总以为是我陪母亲，其实是母亲陪我。我过了四十岁，还是觉得睡在母亲身边最心安。

母亲的爱护，许多细微曲折处是说不完，也无法全捕捉到的。也就是有这些细微曲折才形成一个家。这个家处处都是活的，每一寸墙壁，每一寸窗帘都是活的。小学时曾以"我的家庭"为题作文。我写出这样的警句："一个家,没有母亲是不行的。母亲是春天,是太阳。至于有没有父亲,不很重要。"作业在开家长会时展览,父亲去看了。回来向母亲描述,对自己的地位似并不在意,以后也并不努力增加自己的重要性,只顾沉浸在他的哲学世界中。

希腊文明是在奴隶制时兴起的,原因是有了奴隶,可以让自由人充分开展精神活动。我常说父亲和母亲的分工有点像古希腊。在父母那时代,先生专心做学问,太太操劳家务,使无后顾之忧,是常见的。不过父母亲特别典型。他们真像一个人分成两半,一半主做学问,一半主理家事,左右合契,毫发无间。应该说,他们完成了上帝的愿望。

母亲对父亲的关心真是无微不至,父亲对母亲的依赖也是到了极点。我们的堂姑父张岱年先生说,"冯先生做学问的条件没有人比得上。冯先生一辈子没有买过菜"。细想起来,在昆明乡下时,有一阵子母亲身体不好,父亲带我们去赶过街子,不过次数有限。他的生活基本上是水来湿手,饭来张口。古人形容夫妇和谐用举案齐眉几个字,实际上就是孟光给梁鸿端饭吃,若问"是几时孟光接了梁鸿案",应该是做好饭以后。

旧时有一副对联:"自古庖厨君子远,从来中馈淑人宜。"放在我家正合适。母亲为一家人真操碎了心。在没有什么东西的情况下，变着法子让大家吃好。她向同院的外国邻居的厨师学烤面包，用土豆作引子，土豆发酵后力量很大，能"嘭"的一声，顶开瓶塞，声震屋瓦。在昆明时一次父亲患斑疹伤寒，这是当时西南联大一位校医郑大夫经常诊断出的病，治法是不吃饭，只喝流质，每小时一次，几天后改食半流质。母亲用里脊肉和猪肝做汤，自己擀面条，擀薄切细，下在汤里。有人见了说，就是吃冯太太做的饭，病也会好。

一九六四年父亲患静脉血栓，在北京医院卧床两个月。母亲每天去送饭，有时从城里我的住处，有时从北大，都总是第一个到。我想要帮忙，却没有母亲的手艺。父亲暮年，常想吃手擀的面，我学做过几次，总不成功，也就不想努力了。

母亲把一切都给了这个家。其实母亲的才能绝不只限于持家。母亲结业于当时的女子最高学府，曾任河南女子师范学校预科算术教员。她有一双外科医生的巧手，还有很高的办事能力。外科医生的工作没有实践过，但从日常生活中，从母亲缝补、修理的功夫可以想见。办事能力倒是有一些发挥。

五十年代初至一九六六年，母亲做居民委员会工作，任北大燕南、燕东、燕农、镜春、朗润、蔚秀、承泽、中关八大园的主任。曾为家庭妇女们办起装订社、缝纫社等。母亲不畏辛劳，经常坐着三轮车来往于八大园间。这是在家庭以外为社会服务，她觉得很神圣，总是全心全意去做。居委会成员常在我家学习。最初贺麟夫人刘自芳、何其芳夫人牟决鸣等都是成员。后来她们迁往城内，又有吴组缃夫人沈淑园等参加。五十年代有一次选举区人民代表，不记得是哪一位曾对我说："任大姐呼声最高。"这是真正来自居民的声音。

我心中有几幅图像，愈久愈清晰。

一幅在清华园乙所，有一间平台加出的房间，三面皆窗，称为玻璃房。母亲常在其中办事或休息。一个夏日，三面窗台上摆着好几个宽口瓶和小水盆，记得种的是慈姑。母亲那时大概不到四十岁，身着银灰色起蓝花的纱衫，坐在房中，鬓发漆黑，肌肤雪白。常见外国油画有什么什么夫人肖像，总想怎么没有人给母亲画一幅。

另一幅在昆明乡下龙头村。静静的下午，泥屋、白木桌，母亲携我坐在桌前，为我讲解鸡兔同笼四则题。父亲从城里回来，笑说这是一幅乡居课女图。

龙头村旁小河湾处有一个小落差，水的冲力很大。每星期总有一两次，母亲把一家人的衣服装在箩筐里，带着我和小弟到河边去。还有一幅图像便是母亲弯着腰站在欢快的流水中，费力地洗衣服，还要看着我们不要跑远，不要跌进河里。近来和人说到洗衣的事，一个年轻人问，是给别人洗吗？还没到那一步，我答。后来想，如果真的需要，母亲也不怕。在中国妇女贤淑的性格中，往往有极刚强的一面，能使丈夫不气馁，能使儿女肯学好，能支撑一个家度过最艰难的岁月。孔夫子以为女人难缠，其实儒家人格的最高标准"富贵不能淫，贫贱不能移，威武不能屈"，用来形容中国妇女的优秀品质倒很恰当，不过她们是以家庭为中心罢了。

母亲六十二岁时患甲状腺癌，手术后一直很好。从六十年代末患胆结石，经常大发作，疼痛，发烧，最后不得不手术。那一年母亲七十五岁。夜里推进手术室，父亲和我在过厅里等，很久很久，看见手术室甬道那边推出一辆平车，一个护士举着输液瓶，就像一盏灯。我们知道母亲平安，仍能像灯一样给我们全家以光明，以温暖。这便是那第四幅图像了。握住母亲的手时，我的一颗心落在腔子里，觉得自己很有福气。

母亲虽然身体不好，仍是操劳家务，真没有过一天清闲的日子。她总是说，你们专心做你们的事。我们能专心做事，都因为有母亲，操劳一生的母亲！

一九七七年九月十日左右母亲忽然吐血，拍片后确诊为肺门静脉瘤。当时小弟在家，我们商量说，母亲虽然年迈，病还是该怎么治就怎么治，不可延误。在奔走医院的过程中，受到许多白眼。一家医院住院部一位女士说："都八十三岁了，还治什么！我还活不到这岁数呢。"可以说，母亲的病没有得到治疗，发展很快。最后在校医院用杜冷丁控制疼痛，人常在昏迷状态。一次忽然说："要挤水！要挤水！"我俯身问什么要挤水，母亲睁眼看我，费力地说，"白菜做馅要挤水"。我的眼泪一下涌了出来，滴在母亲脸上。

母亲没有让人多伺候，不过三周便抛弃了我们。当时父亲还在受审查，她走时很不放心，非常想看个究竟，但她拗不过生死大限。她曾自我排解说，知道儿女是好的，还有什么别的可求呢。十月三日上午六时三刻，我们围在母亲床前，眼见她永远阖上了眼睛。我知道，我再不能睡在母亲身边讨得那样深的平安感了；我们的家从此再没有春天和太阳了。我们的家像一叶孤舟忽然失了掌舵的人，在茫茫大海中任意漂流。我和小弟连同父亲，都像孤儿一样不知漂向何方。

因为政治形势，亲友都很少来往。没有足够的人抬母亲下楼，幸亏那天来了一位年轻的朋友，才把母亲抬到太平间。当晚哥哥自美国飞回，到家后没有坐下，立刻要"看娘去"，我不得不告诉他母亲已去。他跌坐在椅上，停上半晌，站起来还是说"看娘去"。

父亲为母亲撰写了一副挽联："忆昔相追随，同荣辱，共安危，期颐望齐眉，黄泉碧落君先去；从今无牵挂，斩名缰，破利锁，俯仰无愧怍，海阔天空我自飞。"自己一半的消失使父亲把一切都看透了。以后母亲的骨灰盒，一直放在父亲卧室里。每年春节，父亲必率领我们上香。如此凡十三年。直到一九九〇年初冬那凄惨的日子父母相聚于地下。又过了一年，一九九一年冬我奉双亲归窆于北京万安公墓。一块大石头作为石碑，隔开了阴阳两界。

我曾想为母亲百岁冥寿开一个小小的纪念会，又想到老太太们行动不便最好少打扰，便只就平常的了解或电话上交谈，记下几句话。

姨母任均是母亲最小的妹妹。姨父母在驻外使馆工作时，表弟妹们读住宿小学，周末假日接回我家，由母亲照管。姨母说，三姐不只是你们一家的守护神，也是大家的贴心人。若没有三姐，那几年我真不知怎么过。亲戚们谁没有得过她关心照料？人人都让她费过心血。我们心里是明白的。

牟决鸣先生已很久不见了。前些时打电话来，说："回想起在北大居住的那段日子，觉得很有意思。任大姐那时是活跃人物，她做事非常认真，总是全力以赴。而且头脑总是很清楚。"

在昆明时赵萝蕤先生和我家几次为邻居。那时她还很年轻，她不止一次对我说很想念冯太太。她说在人际关系的战场上，她总是一败涂地当俘虏。可是和冯太太相处，从未感到战场问题。是母亲教她做面食，是母亲教她用布条打纽扣结。有什么事可以向母亲倾诉。记得在昆明乡下龙头村时，有一次赵先生来我家，情绪不大好，对母亲说，一位军官太太要学英语，又笨又俗又无礼，总问金刚钻几克拉怎么说，她不想教，来躲一躲。母亲安慰她，让她一起做家务事。赵先生走时，已很愉快。

另一位几十年的邻居是王力夫人夏蔚霞。现在我们仍然对门而居。夏先生说："你千万别忘记写上我的话。我的头生儿子缉志是你母亲接生的。当时昆明乡下缺医少药，那天王先生进城上课去了。半夜时分我遣人去请你母亲。

冯先生一起来的，然后先回去了。你母亲留下照顾我，抱着我坐了一夜。次日缉志才出世。若没有你母亲，我和孩子会吃许多苦！"

像春天给予百花诞辰一样，母亲用心血哺育着，接引着——

亲爱的母亲的诞辰，是花朝节后十日。

哭小弟

> 飞机强度研究所技术所长
> 　　　　冯钟越

　　我面前摆着一张名片,是小弟前年出国考察时用的。名片依旧,小弟却再也不能用它了。

　　小弟去了。小弟去的地方是千古哲人揣摩不透的地方,是各种宗教企图描绘的地方,也是每个人都会去,而且不能回来的地方。但是现在怎么能轮得到小弟!他刚五十岁,正是精力充沛,积累了丰富的学识经验,大有作为的时候,有多少事等他去做啊!医院发现他的肿瘤已相当大,需要立即做手术,他还想去参加一个技术讨论会,问能不能开完会再来。他在手术后休养期间,仍在看研究所里的科研论文,还做些小翻译。直到卧床不起,他手边还留着几份国际航空材料,总是"想再看看"。他也并不全想的是工作。已是滴水不进时，他忽然说想吃虾，要对虾。他想活，他想活下去呵！

可是他去了，过早地去了。这一年多，从他生病到逝世，真像是个梦，是个永远不能令人相信的梦。我总觉得他还会回来，从我们那冬夏一律显得十分荒凉的后院走到我窗下，叫一声"小姊——"。

可是他去了，过早地永远地去了。

我长小弟三岁。从我有比较完整的记忆起，生活里便有我的弟弟，一个胖胖的、可爱的小弟弟，跟在我身后。他虽然小，可是在玩耍时，他常常当老师，照顾着小朋友，让大家坐好，他站着上课，那神色真是庄严。他虽然小，在昆明的冬天里，孩子们都生冻疮，都怕用冷水洗脸，他却一点不怕。他站在山泉边，捧着一个大盆的样子，至今还十分清晰地在我眼前。

"小姊，你看，我先洗！"他高兴地叫道。

在泉水缓缓的流淌中，我们从小学、中学而大学，大部分时间都在一个学校。毕业后就各奔前程了。不知不觉间，听到人家称小弟为强度专家；不知不觉间，他担任了总工程师的职务。在那动荡不安的年月里，很难想象一个人的将来。这几年，父亲和我倒是常谈到，只要环境许可，小弟是会为国家做出点实际的事的。却不料，本是最年幼的他，竟先我们而离去了。

去年夏天，得知他患病后，因为无法得到更好的治疗，我于八月二十日到西安。记得有一辆坐满了人的车来接我。我当时奇怪何以如此兴师动众，原来他们都是去看小弟的。到医院后，有人进病房握手，有人只在房门口默默地站一站，他们怕打扰病人，但他们一定得来看一眼。

手术时，有航空科学研究院、623所、631所的代表，弟妹、侄女和我在手术室外，还有一辆轿车在医院门口。车里有许多人等着，他们一定要等着，准备随时献血。小弟如果需要把全身的血都换过，他的同志们也会给他。但是一切都没有用。肿瘤取出来了，有一个半成人的拳头大，一面已经坏死。我忽然觉得一阵胸闷，几乎透不过气来——这是在穷乡僻壤为祖国贡献着才华、血汗和生命的人啊，怎么能让这致命的东西在他身体里长到这样大！

我知道在这黄土高原上生活的艰苦，也知道住在这黄土高原上的人工作之劳累，还可以想象每一点工作的进展都要经过十分恼人的迂回曲折。但我没有想到，小弟不但生活在这里，战斗在这里，而且把性命交付在这里了。他手术后回京在家休养，不到半年，就复发了。

那一段焦急的悲痛的日子，我不忍写，也不能写。每一念及，便泪下如绠，纸上一片模糊。记得每次看病，候诊室里都像公共汽车上一样拥挤，等啊等啊，盼啊盼啊，我们知道病情不可逆转，只希望能延长时间，也许会有新的办法。航空界从莫文祥同志起，还有空军领导同志都极关心他，各个方面包括医务界的朋友们也曾热情相助，我还往海外求医。然而错过了治疗时机，药物再难奏效。曾有个别的医生不耐烦地当面对小弟说，治不好了，要他"回陕西去"。小弟说起这话时仍然面带笑容，毫不介意。他始终没有失去信心，他始终没有丧失生的愿望，他还没有累够。

小弟生于北京，一九五二年从清华大学航空系毕业。他填志愿到西南，后来分配在东北，以后又调到成都、调到陕西。虽然他的血没有流在祖国的土地上，但他的汗水洒遍全国，他的精力的一点一滴都献给祖国的航空事业了。个人的功绩总是有限的，也许燃尽了自己，也不能给人一点光亮，可总是为以后的绚烂的光辉做了一点积累吧。我不大明白各种工业的复杂性，但我明白，任何事业也不是只坐在北京就能够建树的。

我曾经非常希望小弟调回北京，分我侍奉老父的重担。他是儿子，三十年在外奔波，他不该尽些家庭的责任么？多年来，家里有什么事，大家都会这样说："等小弟回来。""问小弟。"有时只要想到有他可问，也就安心了。

现在还怎能得到这样的心安？风烛残年的父亲想儿子，尤其这几年母亲去世后，他的思念是深的，苦的，我知道，虽然他不说，现在他永远失去他的最宝贝的小儿子了。我还曾希望在我自己走到人生的尽头，跨过那一道痛苦的门槛时，身旁的亲人中能有我的弟弟，他素来的可倚可靠会给我安慰。哪里知道，却是他先迈过了那道门槛啊！

一九八二年十月二十八日上午七时，他去了。

这一天本在意料之中，可是我怎能相信这是事实呢！他躺在那里，但他已经不是他了，已经不是我那正当盛年的弟弟，他再不会回答我们的呼唤，再不会劝阻我们的哭泣。你到哪里去了，小弟！自一九七四年沅君姑母逝世起，我家屡遭丧事，而这一次小弟的远去最是违反常规，令人难以接受！我还不得不把这消息告诉当时也在住院的老父，因为我无法回答他每天的第一句问话："今天小弟怎么样？"我必须告诉他，这是我的责任。再没有弟弟可以依靠了，再不能指望他来分担我的责任了。

父亲为他写挽联："是好党员，是好干部，壮志未酬，洒泪岂只为家痛；能娴科技，能娴艺文，全才罕遇，招魂也难再归来！"我那唯一的弟弟，永远地离去了。

他是积劳成疾，也是积郁成疾，他一天三段紧张地工作，参加各式各样的会议。每有大型试验，他事先检查到每一个螺丝钉,每一块胶布。他是三机部科技委员会委员,他曾有远见地提出多种型号研究。有一项他任主任工程师的课题研制获国防工办和三机部科技一等奖。同时他也是623所党委委员,需要在会议桌上坦率而又让人能接受地说出自己对各种事情的意见。我常想,能够"双肩挑",是我们五十年代到六十年代初期出来的知识分子的特点。我们是在"又红又专"的要求下长大的。当然,有的人永远也没有能达到要求,像我。大多数人则挑起过重的担子,在崎岖的、荆棘丛生的,有时是此路不通的山路上行走。那几年的批判斗争是有远期效果的。他们不只是生活艰苦,过于劳累,还要担惊受怕,心里塞满想不通的事,谁又能经受得起呢!

小弟入医院前,正负责组织航空工业部系统的一个课题组,他任主任工程师。他的一个同志写信给我说,一九八一年夏天,西安一带出奇地热,几乎所有的人晚上都到室外乘凉,只有"我们的老冯"坚持伏案看资料。"有一天晚上,我去他家汇报工作,得知他经常胃痛,有时从睡眠中痛醒,工作中有时会痛得大汗淋漓,挺一会儿,又接着做了。天啊!谁又知道这是癌症!我只淡淡地说该上医院看看。回想起来,我心里很内疚,我对不起老冯,也对不起您!"

这位不相识的好同志的话使我痛哭失声！我也恨自己，恨自己没有早想到癌症对我们家族的威胁，即使没有任何症状，也该定期检查。云山阻隔，我一直以为小弟是健康的。其实他早感不适，已去过他该去的医疗单位。区一级的说是胃下垂，县一级的说是肾游走。以小弟之为人，当然不会大惊小怪，惊动大家。后来在弟妹的催促下，乘工作之便到西安检查，才做手术。如果早一年有正确的诊断和治疗，小弟还可以再为祖国工作二十年！

往者已矣。小弟一生，从没有"埋怨"过谁，也没有"埋怨"过自己，这是他的美德之一。他在病中写的诗中有两句："回首悠悠无恨事，丹心一片向将来。"他没有恨事。他虽无可以彪炳史册的丰功伟绩，却有一个普通人的认真的、勤奋的一生。历史正是由这些人写成的。

小弟白面长身，美丰仪；喜文艺，娴诗词；且工书法篆刻。父亲在挽联中说他是"全才罕遇"，实非夸张。如果他有三次生命，他的多方面的才能和精力也是用不完的；可就这一辈子，也没有得以充分地发挥和施展。他病危弥留的时间很长，他那颗丹心，那颗让祖国飞起来的丹心，顽强地跳动，不肯停息。他不甘心！

这样壮志未酬的人，不止他一个啊！

我哭小弟，哭他在剧痛中还拿着那本航空资料"想再看看",哭他的"胃下垂"、"肾游走";我也哭蒋筑英抱病奔波,客殇成都;我也哭罗健夫不肯一个人坐一辆汽车!我还要哭那些没有见诸报章的过早离去的我的同辈人。他们几经雪欺霜冻,好不容易奋斗着张开几片花瓣,尚未盛开,就骤然凋谢。我哭我们这迟开而早谢的一代人!

已经是迟开了,让这些迟开的花朵尽可能延长他们的光彩吧。

这些天,读到许多关于这方面的文章,也读到了《痛惜之余的愿望》,稍得安慰。我盼"愿望"能成为事实。我想需要"痛惜"的事应该是越来越少了。

小弟,我不哭!

怎得长相依聚
——蔡仲德三周年祭

"蔡仲德（1937—2004），人本主义者"

这是我为仲德设计的墓碑刻字，我想这是他要的。他在病榻上的最后几个月，想得最多的就是关于人本主义问题。如果他能多有些时日，会有正式的文章表达他的信念。但是天不佑人，他来不及了。只在为我写的一篇短文里提出市场经济、民主政治、人权观念等几个概念。虽然简单，却也清楚地表明了他的理想。现在又想，理想只能说明他追求的高和远，不能说明他生活的广和深。因为他的一生虽然不够长，却足够丰富。他是一个好教师，也是一个好学者。生活最丰满处是因为他有了我，我有了他。世上有这样的拥有，永远不能成为过去。

人人都以为，我最后的岁月必定有仲德陪伴，他会为我安排一切。谁也没有料到，竟是他先走了，飘然飞向遥远的火星。我们原说过，在那里有一个家。有时我觉得，他正在院中的小路上走过来，穿着那件很旧的夹大衣；有时在这边说话，总觉得他的书房里有回应，细听时，却又没有。他已经消失了，消失在蓝天白云，青山绿水，树木花草之间。也许真的能在火星上找到他，因为我们这里的事情，要在多少多少光年以后，才能到达那里。他是一个怎样的人，在那里可以重现。

首先，他是一个教师。他在入大学前曾教过两年小学，又在中央音乐学院附中任教二十余年，以后调入中央音乐学院音乐学系。他四十六年的教学生涯里，在中央音乐学院任教四十四年。他教中学时，课本比较简单，他自己添加教材，开了很长的古典诗词目录，要求学生背诵。有的学生当时很烦，说蔡老师的课难上。许多年后却对他说，现在才知道老师教课的苦心，我们总算有了一点文学知识，比别人丰富多了。确实，这不仅是知识，更是对性情的陶冶，影响着一个人的生活。

七十年代初，在军营中经过政治磨难的音乐学院师生回到北京，附中在京郊苏家坨上课，虽然上课很不正常，仲德却没有缺过一次课。一次刮大风，我劝他不要去，他硬是骑自行车顶着西北风赶二十几里路去上课，回来成了一个土人儿。上课对于一个教师是神圣的。他在音乐学系开设两门课：中国音乐美学史和士人格研究。人说他的课讲得漂亮。我听过几次，一次在河南大学讲授中国古代音乐美学，一次在香港浸会大学讲"说郑声"。一节课的时间安排得十分恰当，有头有尾，宛如一篇结构严密的文章。更让人称道的是，下课铃响，他恰好讲出最后一个字，而且是节节课都如此，就连他出的考题也如一篇小文章。他在每次上课前都认真准备，做严谨的教案。他说要在四十五分钟以内给学生最多的东西，小学、中学、大学都是如此。一次我们在外边用餐，不知为什么，一个陌生的年轻人拿了一本唐诗，指出一首要我讲，不记得是哪一首了，其中有两个典故。我素来喜读书不求甚解，讲不出，仲德当时作了详细的讲解。他说做教师就要求甚解，要经得起学生问。学生问了，对教师会有启发。

他奄缠病榻两年有半，一直惦记着他的课和他指导的学生。就在他生病的这一个秋天，录取了一名硕士生。他在化疗期间仍要这个学生来上课，在北京肿瘤医院室内花园，在北大医院的病室，甚至是一面打着吊针，授课一面在进行。他对学生非常严格，改文章一个标点都不放过。学生怕来回课，说若是回答草率，蔡老师有时激动起来，简直是怒发冲冠，头发胡子都根根竖起。不是他指导的学生也请他看文章，他一视同仁，十分认真地提意见挑毛病改文字。同学们敬他爱他又怕他。

　　他做手术的那一天，走廊里站了许多我都不认识的音乐学院师生，许多人要求值班。那天清晨，有位老学生从很远的地方赶到我家，陪伴我。一个现在台湾的老学生在电话中哭着恳求我们收下他们的捐助。我们并不需要捐助，可是学生们的关心从四面八方把我们沉重的心稍稍托起。

　　一个大学教师在教的同时，自己必须做学问，才能带领学生前进，才能不仅仅是一个教书匠。他从七十年代末研究《乐记》的成书年代开始，对中国音乐美学作了考察，写出了《中国音乐美学史》这部巨著。这是我国的第一部音乐美学史。后来这本书要修订出版，那时他住在龙潭湖肿瘤医院。他坐一会儿躺一会儿，一字一字，一页一页，八百多页的书稿在不时插上又拔下针管的过程中修订完毕。

　　经过多年的努力，他对各种文献非常熟悉，却从不炫耀，从不沾沾自喜，总是尽力地做好他承担的事，而且不断地思考，不知不觉间又写出了多篇论文。音乐方面的结集为《音乐之道的探求》，由上海人民音乐出版社出版。文化方面的结集为《艰难的涅槃》，正像书名一样，这本书命运多舛，因为思想不合规矩，现在尚未能出版。

他能够连续十几小时稳坐书案之前，真有把板凳坐穿的精神。他从事学术研究不限于音乐美学，冯学研究也是重要的部分。其著述材料之详实，了解之深切，立论之精当，为学界所推重。还是不知不觉间，他写出了六十六万字的《冯友兰先生年谱初编》，并整理、修订增补了七百余万字的《三松堂全集》第二版，又写出了《冯友兰先生评传》《教育家冯友兰》等。

对于我的父亲，他不只是一个研究者，而且也远远超过半子。幸亏有他，父亲才有这样安适的晚年。他推轮椅，抬担架，帮助喂饭、如厕。我的兄弟没有做到和来不及做的事，他做了。我自己承担不了的事，他承担了。从父母的墓地回来，荒寂的路上如果没有他，那会是怎样的日子？可是现在，他也去了。

在繁忙的教学、研究之余，他为我编辑了《宗璞文集》四卷本。他是我的第一读者，为我的草稿挑毛病。我用引文懒得查时，便去问他，他会仔细地查好。我称他为风庐图书馆馆长，并因此很得意。现在我去问谁？

父亲去世以后，我把家中藏书赠给清华大学思想文化研究所，设立了"冯友兰文库"，但留了《四部丛刊》和一些线装典籍，供仲德查阅。他阅读的范围，已经比父亲小多了。现在他走了，我把留下的最后的书也送出。我已经告别阅读，连个范围也没有了。他自己几十年收集的关于音乐美学方面的书，我都送给了中央音乐学院图书馆。学生们从这些书中得到帮助时，我想他会微笑。

他喜欢和人辩论，他的许多文章都在辩论。辩论就是各抒己见，当仁不让。他说思想经过碰撞会迸发出火花，互相启迪，得到升华，所谓真理愈辩愈明。如果只有"一言堂"，思想必然僵化，那是很可怕的。他看到的只是学问道理，从没有个人意气。

他关心社会，反对躲进象牙之塔。他认为每一个生命是独立的又是相联的。他在音乐学院做基层人民代表十年，总想多为别人做些事。他是太不量力了，简直有些多事，我这样说他。他说大家的事要大家管。音乐史学家毛宇宽说："蔡仲德是一位真正意义上的中国知识分子。"我觉得他是当得起的。

我们居住的庭院中有三棵松树，因三松堂之名得到许多人的关心。常有人来，有的是从很远的地方来，就为了要看一看这三棵松树。三棵松中有两棵高大，一棵枝条平展，宛如舞者伸出的手臂。仲德在时，这一棵松树已经枯萎，剩下一段枯木，我想留着，不料很不好看，挖去了。又栽上一棵油松，树顶圆圆的，宛如垂髫少女。仲德和我曾在这棵树前合影，他坐我立，这是他最后的一张室外照片，也是我们最后的合影。又一棵松树在一次暴风雨中折断了，剩下很高的枯干，有些凶相。现在这棵树也挖去了，仍旧补上一棵油松，姿态和垂髫少女完全不同，像是个小娃娃，人们说它是仙童。

仲德没有看见这棵新松。万物变迁，一代又一代，仲德留下了他的著作和理想，留下了他的爱心。爱心是和责任感连在一起的，我们家中从里到外许多事都是他管。他生病后的第一个冬天，在病房惦念着家里的暖气。他认为来暖气时应该打开暖气上的阀门，让水流出来，水才会通。他在病床上用电话指挥，每个房间依次打开不能搞乱。我们几个女流之辈，拎着水桶，被他指挥得团团转。其实我认为这是不必要的，可是我领头依令而行，泪滴在水桶里……

仲德和我在一起生活了三十五年，因为有了他，我的生活才这样丰满。我们可以彼此倾诉一切，意见不同可以辩论，但永远互相理解，互相尊重。在他最后的时刻，我们曾一起计算着属于我们两人的日子。他含泪低声说："我们相聚的时间太少了。"现在想起来，仍觉肝肠寸断！只要有他，我实在别无所求。可是，可是他去了。

再没有人能像他那样分担我的责任，化解我的烦恼；我的心得体会再无人分享，笑容、眼泪也再无人印证。但他留下的力量是这样大,可以支持我,一直走向火星。

蔡仲德,我的夫君,在那里等我相聚。

女儿告诉我,她做过一个梦,梦见我们三个人在一起,仲德不知为什么起身要走。我们哭着要拉住他,可是怎么也拉不住。

人生的变化是拉不住的。

雪落燕园

我爱燕园中属于我自己的记忆。我扫过自家门前的雪,和满地扔瓜子壳儿的男士女士们争吵过。我为奉老抚幼,在衰草凄迷的园中奔走过。我记得室内冷如冰窖的寒冬,也记得新一代水暖工送来温暖的微笑。我那操劳一生的母亲怀着无限不安和惦念在校医院病逝……这些记忆,无论是美好的还是痛苦的,都同样珍贵。因为那属于我自己。

我爱燕园

我爱燕园。

考究起来，我不是北大或燕京的学生，也从未在北大任教或兼个什么差事。我只是一名居民，在这里有了三十五年居住资历的居民。时光流逝，如水如烟，很少成绩；却留得一点刻骨铭心之情：我爱燕园。

我爱燕园的颜色。五十年代，春天从粉红的桃花开始。看见那单薄的小花瓣在乍暖还寒的冷风中轻轻颤动，便总为强加于它轻薄之名而不平，它其实是仅次于梅的先行者。还没有来得及为它翻案，不要说花，连树都难逃斧钺之灾，砍掉了。于是便总由金黄的连翘迎来春天。因为它可以入药，在校医院周围保住了一片。紧接着是榆叶梅热闹地上场，花团锦簇，令人振奋。白丁香、紫丁香，幽远的甜香和着朦胧的月色，似乎把春天送到每人心底。

绿草间随意涂抹的二月兰，是值得大书特书的，那是野生的花，浅紫掺着乳白，仿佛有一层亮光从花中漾出，随着轻拂的微风起伏跳动，充满了新鲜，充满了活力，充满了生机，简直让人不忍走开。紫色经过各种变迁，最后便是藤萝。藤萝的紫色较凝重，也有淡淡的光，在绿叶间缓缓流泻，这时便不免惊悟，春天已老。

夏日的主色是绿，深深浅浅浓浓淡淡的绿。从城里奔走一天回来，一进校门，绿色满眼，猛然一惊，便把烦恼都抛在校门外了。绿色好像是底子，可以融化一切的底子，那文眼则是红荷。夏日荷塘是我招待友人的保留节目。鸣鹤园原有大片荷花，红白相间，清香远播。动乱多年以后，寻不到了。现在勺园附近、朗润园桥边都有红荷，最好的是镜春园内的一池，隐藏在小山之后，幽径曲折，豁然得见。红荷的红不同于桃、杏，鲜艳中显出端庄，就像白玉兰于素静中显出华贵一样。我曾不解为什么佛的宝座作莲花状，再一思忖，无论从外貌或品德比较，没有比莲花更适合的了。

秋天的色彩令人感到充实和丰富。木槿的花有紫有白，紫薇的花有紫有红，美人蕉有各种颜色，玉簪花则是玉洁冰清，一片纯白。而最得秋意的是树叶的变化。临湖轩下池塘北侧一排高大的银杏树，秋来成为一面金色高墙，满地落叶也是金灿灿的，踩上去不由生出无限遐想。池塘西侧一片灌木不知名字，一个叶柄上对称地生着秀长的叶子，着雨后红得格外鲜亮。前年我为它写了一篇小文《秋韵》，去年再去观赏时，却见树丛东倒西歪，让人踩出一条路。若再成红霞一片，还不知要多少年！我在倒下的枝叶旁徘徊良久，恨不能起死回生！"文化大革命"中滋长的破坏习性，什么时候才能改变？！

　　一望皆白的雪景当然好看，但这几年很少下雪。冬天的颜色常常是灰蒙蒙的，很模糊。晴时站在未名湖边四顾，天空高处很蓝，愈往边上愈淡，亮亮地发白，枯树枝桠，房屋轮廓显出各种姿态，像是一幅没有着色只有线条的钢笔画。

　　我爱燕园的线条。湖光塔影，常在从燕园离去的人的梦中。映在天空的塔身自不必说，投在水中的塔影，轮廓弯曲了，摇曳着，而线条还是那么美！湖心岛旁的白石舫，两头微微翘起，有一点弧度，显得既圆润又利落。据说几座仿古建筑的檐角，因为缺少了弧度，而成凡品。湖西侧小山上的钟亭，亭有亭的线条，钟有钟的线条，钟身上铸了十八条龙和八卦。那几条长短不同的横线做出的排列组合，几千年来研究不透。

　　我爱燕园的气氛，那是人的活动造成的。每年秋天，新学年开始，园中添了许多稚气的脸庞。"老师，六院在哪里？""老师，一教怎样走？"他们问得专心，像是在问人生的道路。每年夏天，学年结束，道听途说则是："你分在哪里？""你哪天走？"布告牌上出现了转让车票、出让旧物的字条。毕业生要到社会上去了。不知他们四年里对原来糊涂的事明白了多少，也不知今后会有怎样的遭遇。我只觉得这一切和四季一样分明，这是人生的节奏。

有时晚上在外面走——应该说，这种机会越来越少了——看见图书馆灯火通明，像一条夜航的大船，总是很兴奋。那凝聚着教师与学生心血的智慧之光，照亮着黑暗。这时我便知道，糊涂会变成明白。

三角地没有灯，却是小小的信息中心，前两年曾特别热闹，几乎天天有学术报告，各种讲座，各种意见，显示出每个人都用自己的头脑在思索。一片绚烂胜过自然间的万紫千红。这才是燕园本色！去年上半年骤然冷落，只剩些舞会通知、电影广告和遗失启事，虽然有些遗失启事很幽默，却总感到茫然凄然。近来又恢复些生气。我很少参加活动，看看布告，也是好的。

我爱燕园中属于我自己的记忆。我扫过自家门前雪，和满地扔瓜子壳儿的男士女士们争吵过。我为奉老抚幼，在衰草凄迷的园中奔走过。我记得室内冷如冰窖的寒冬，也记得新一代水暖工送来温暖的微笑。我那操劳一生的母亲怀着无限不安和惦念在校医院病逝，没有足够的人抬她下楼。当天，她所钟爱的狮子猫被人用鸟枪打死，留下一只尚未满月的小猫。这小猫如今已是十一岁，步入老年行列了。这些记忆，无论是美好的还是痛苦的，都同样珍贵。因为那属于我自己。

我爱燕园。

绿衣人

近来翻译了一篇小说《信》,其中有一个自私的母亲教育孩子说,你到了一定年龄就不要再拆信,信里都是别人的痛苦,不要让别人的事伤你自己的心。译时觉得纸上一股冷气逼人,暗自庆幸我对信的感受完全相反。

我喜欢信,喜欢读信,书信越过高山,使分隔两地的离人能互诉衷曲,从互相关心中得到滋养。古时把生离死别并列,自从有了邮政,虽生离而能有音信,比起去到那永不会有任何消息回来的天国,自然大不一样。

每个人一生会收到许多信,我也一样。我曾为别人的欢喜而欢喜,为别人的悲哀而悲哀;也曾写过许多信,希望别人为我的欢喜而欢喜,为我的悲哀而悲哀。为了信,我曾盼望,也曾等待。哪怕得到的是难题,是痛苦,我却因世界上不只有我一个自己,而觉得更充实更温暖。

得信的最后一个环节,是送信人了。他们身着绿衣,骑车在一栋栋房屋前停下来,投递着人们期望或不期望的消息。这一带春来樱花如雪,夏日榴花似火,秋时蔷薇类的黄花开得满院皆金,冬天的雪花飘飘扬扬,覆盖了一切。绿衣人总是准时地走过花的曲径或雪的小路,把一封封信送到门前。

今年雪下得早,雪使世界变得纯洁了,柔软了。像一篇正在写的童话,像一个尚未飘逝的梦,在静静地飘落着的雪花中。我看见一点绿色,被地上的雪光照着,移过来,移过来——

这是小展。奇怪的是,以前我们都不曾知道绿衣人的姓,而现在人人知道她是小展。因为她不只送来邮件,还曾带来欠资信,免得我到邮局去取;有朋友的汇款要转到别处,她说代办了罢,不麻烦。邻居在路上遇到她,她会告诉今天有他的信,年底收款,头一天每份报纸都打上醒目的红字:"明日收报费"。

也许小展有时不能给人带来人们所期望的消息,但是小展本身,便展示着希望了。她不只骑车又下车,拿出信报放进信箱。她是用了心,一颗充满了希望的心,充满了关切的心,总是想给别人方便的心。医生们说,两个同样的病人,一个受到应有的治疗,一个除了治疗,还有亲人的关心，后者得生的希望要大得多。我们曾伤过元气，我们多么需要千千万万这样宝贵的心，来补养，来恢复，来建设新的一切。

　　雪地上那一点移过来的绿色，常在眼前拂拭不去。忽然想起不只送信人身着绿衣，整个邮政系统用的俱是绿色。这也许有什么史话罢。我无考据癖，只从常理来想，绿色正是春天的颜色，生命的颜色。人们希望书信能带来春天，带来生命，带来希望。虽然有的信会传来噩耗，但是身着绿衣的人却承担着带来希望的使命。

　　春天的希望，生命的希望——绿色的希望，不是每一个新年都应该带给我们的么？

一年四季

一转眼,在这校园里,住了将近一年了,先是雪如花,再是花如雪。紧接着绿荫遮住了夏天。一进校门,就觉得猛然一阵凉意,因为树多,炎热仿佛挤不进来,然后不知不觉,鲜红的、金黄的各样树叶的颜色涂了满园,仍然不知不觉,叶子一片片落尽了,秋天的艳丽消失了,隆冬带着北风,呼啸着,旋转着又来到这里。

时间的流逝,在学校里表现得最鲜明的倒不是景物的变化,而是知识的积累,新人的成长,那些年轻人,是怎样地紧紧抓住时间,怎样地刻苦学习呵!看见他们,总有一种可以十分信托的感觉。一年来,我几乎是每个清晨,都到湖边去散步。在路上,常常看见许多学生,背着大书包,捧着一本书,大声念着外文,满脸专注的神色,大张着嘴,好像要把书一口吞下去似的。在几个教室楼中间的菜地里，总是有许多站着坐着读书的身影，被朝阳染成一片红色。若想隐蔽些，石边树底，到处都是好地方。有人竟钻在矮矮的蔷薇花架下，口中唧唧哝哝念念有词，手里的书那么厚，我真担心他怎么能再带着书钻出来。还曾见一个女学生，蹲在路边，用石头子儿在地上划。我想不出她在干什么，便凑过去看，只见满地都是三角形，她是在思索解不开的数学题！

给我印象最深的，是一个有几分傻气的小伙子。还是年初时，一个下着小雪的清晨，天色阴沉沉的，我沿着碎石子的甬道，往湖边去。在山坡下的湖岸上，有一个学生，他像所有的年轻小伙子那样额前滋着一撮短发，正在大声念着《石壕吏》。雪花落满了一身，他却毫不觉得。"暮投石壕村，有吏夜捉人"，只管一遍又一遍地念。他那浓重的北方乡村的口音，给老杜的诗仿佛更添了几分深厚。因为站得久了，他的一身和雪地变成了一片，嘴里的热气和着诗句有节奏地往结冰的小池上飘去。

雪消了，冰化了，杨柳又发了新芽，从嫩黄变成新绿，长成长长的柳线，垂在湖面上了。这小伙子仍是每天站着读诗。杜甫的主要东西读完了，又读李白。他曾把"梦游天姥吟留别"读成天老，可是第二天就更正，大声又读了好几遍。荷花开了又谢了，水面上还留着几株残荷。

他已经背会了盛唐的那些大家，读起"碧城十二曲栏干"了。

我自己从没有下功夫背过书，常对人说，凡是读一遍而记不得的，就不是好文章。可是这小伙子学习的毅力是这样感人，我好像懂了，只有这样才能真的学到点什么吧，哪怕是最容易学的。

立冬过了，天气还很暖和。有一天下午，我骑车经过体育场。正是锻炼的时间，学生们正在打球。忽然一个球从车轮前滚过，紧接着一个人直跑过来向球扑去。车子差一点撞上他，我连忙从车上跳了下来。这时，我眼前晃过那一撮滋着的头发，原来这就是那个念唐诗的小伙子！看他那专心的神气，我明白了，他打起球来，也是这样全力以赴的。

"你这人真是！打个球也拼命！"一个同学说他，"别打了，明天还测验呢！"

他抱着球，瞄准，投篮，命中，然后说："你老是光顾得考试！"还是那浓重的质朴的北方乡村的口音，音调是亲切的，友善的。我知道，他的刻苦学习，是有着比考试更大许多的东西在指引着他，支持着他——

后来机缘凑巧，参加了一次学生的班会，我才更懂得了其中的道理。年尽岁除，他们准备考试了，所以要讨论一下迎接考试的态度,也就是学习的态度。那有几分傻气的小伙子恰在这一班。大家嚷嚷时间不够用,他只闷着头不开口。有人就说:"关黑子基础本来差,一年的功夫,真得刮目相看了。他做团的工作尤其热心。"

关黑子的头发似乎更黑起来了。他讷讷地说:"咱们不能为考试而学习,更不能为自己的前途,那和图谋升官发财不是一样么!我是为我的家乡,为我们的……"他用手指着窗外,窗外林立的科学大楼,仿佛就是祖国的丰沃的无边的土地。他说话远不如读诗清楚,其实这话说着比做着容易得多。也许因为有陌生人在吧,黑脸直发红,话也没说完,就停住了。不过大家都明白了,也并不觉得他答非所问,我到现在还不明白的,是关黑子这三个字究竟是他的名字呢,还是绰号。

从学生宿舍出来,见四面高楼,灯火辉煌。有的班在准备新年联欢的节目。新的一年四季即将到来了。不知为什么,我忽然想起那伏地做数学题的女孩子,又联想起古希腊一位大数学家阿基米德,这位大数学家因为专心做学问,敌人打进城来都不知道,还呵斥入侵的敌兵不要践踏他在地下面的图形,竟因之被一个小兵一刀断送了性命。我们的祖国给青年们安排了多好的学习生活啊!只管思索罢,只管钻研罢,好好让你的一年四季都燃烧着，发着光亮，回顾时感到收获的欢喜罢。只是千万不要忘记，这一切，都是因为我们有着自己的不会被践踏的国家，而你的每一个一年四季，也都应该是为了祖国的将来啊。

暮暮朝朝

玉簪花开了，雪堆银铸似的小棒槌花朵，叫人看了，遍体生凉；本来是嫩白的茉莉花，已经老了，不知什么时候，变成一种发红发蓝的苍劲的紫色。抬头看时，那高大的枫叶树的繁密的叶子，一丝一纹也刻在十分明净的晴空上；一种发亮的小虫儿，在屋顶的阳光中高兴地嬉戏；蟋蟀大声地叫着。我知道，秋天来了。

秋天，本是收获的季节。在这里，却还有着另外的涵义，那就是说，又来了新的学年。清静了一个夏天的校园里，出现了许多新的、稚气的、幸福的脸庞。这些年轻人，睁大了眼睛，好奇地四处观望；走在路上，会忽然将人截住："请问那是什么园？这是什么楼？"然后便郑重其事地写在自己绘制的校园图上。脸上那种幸福的神情，和胸前的新校徽一起,发着兴高采烈的光。要是问他上的什么系,他显然是还不知道应不应该讲那种尖端学科,只在嗓子里认真地咕噜了一声,抱歉地笑一笑,连忙跑开了。

真奇怪,背着沉重的大书包来来去去的这些年轻人,都有着这样一张幸福的脸,像在过节,在欢庆什么似的。要是去问他们一下,一定也回答不清楚吧。然而这也很明显,他们开始在向科学进军了。每个清晨,伴着初秋的清风,在校园里回响着琅琅的读书声,总使我想起进军的号角,想起冲锋陷阵的呐喊,那样雄壮,那样充满了必胜的信念。真的,他们的每一天,每一小时,每一分钟,都会像战士一样,有着不断的斗争和胜利。

还有另一种战斗的开始,那就是毕业了,走上工作岗位。我看过一班学生的分配志愿表,觉得拿在手里的不是一张张纸,简直就是一颗颗建设社会主义的红心。他们的志愿,地区栏全都是遥远的外地,工作栏全都是无声无息的岗位。我看着那些熟悉的笔迹,眼前闪过一张张也是洋溢着那种幸福神情的脸庞。若不是生活在我们的社会,若不是经历过我们的时代,实在是不能理解那种神情的。再听一听:"你是到这个机关。"递过去一张转关系的纸。"好。""地点在黑龙江。""好。""有什么意见吗?"分配工作的同志亲切地问。"什么?"这同学好像很奇怪,"有什么意见呢?不都是为了……"他没有说下去,但我知道,正是因为有一种什么力量,大家才有这样的幸福感,在生活的新阶段,有着这样强烈的欢度节日的心理。

我又想起了许多个夜晚,许多倾心的详谈和发人深省的会议。我了解他们在大学生活的五六年中,不只获得了专门的知识,同时还懂得了怎样做一个建设社会主义祖国的接班人。在他们出发的前夕,我们又一次在一起谈着,谈着。夜已深了,月光好得像要把整个世界都照下来。一个同学忍不住地低声唱起了《毕业歌》:"同学们,大家起来,担负起天下的兴亡!"大家都随着唱起来,竟来不及说别的话,而这也正是要说的所有的话。不是么?在这歌声中,有着多么强烈的信念,他们唱起来,又还有着那样浓厚的幸福和欢乐的情绪……

他们走了,那歌声还久久不散。我在曲折的小径上漫步,思索着,这种信念从哪里来,这些幸福的开始又是从哪儿开始的呢?我思索着,忽然一阵使人感到几乎有些刺激的青草的清凉气,告诉我是这个园中的秋夜了。

这里的秋夜是这样沉静，又这样明亮。明亮，并不只由于那如水的月光。不远处有一片辉煌的灯火，把一座座高楼，浴在无边的肃穆的光辉里面。我记得了，这里的彻夜的璀璨的灯光，使得或繁星，或明月，永远都是黯然失色的。

一个黑影从那灯月交辉的光亮中浮现出来，恰是个熟识的朋友，他刚做完已经连续进行七十二个小时的实验，要回家去。对于外面已经是这样的秋夜，觉得十分惊异。就是他，曾对我热心地讲述他们的实验。他们怎样日以继夜，夜以继日，月复一月，年复一年，看着压力表、高温计，以及各种各样的仪器；怎样几千次地演算着公式；怎样废寝忘餐地思索着各种文字的文献资料。一次失败了，还有第二次；一百次失败了，还有一千次。"我们常开玩笑互相称作伊斯赫拉达，"他曾说，"因为连她，还有一千零一夜的耐心呢。"

"你的方格纸上的曲线听话了么？"我很希望这次七十二小时的劳动有完全的成绩。

"早着呢。实验的结果在方格纸上满处飞，像节日的礼花似的怎么也成不了一定弧度的曲线。不过一次比一次进步，总会成的，我相信。"

"那就是说,又要开始下一次了?"

"开始下一次。不过,不是明天,明天要去——"

"做什么呢?"我随口问。

"好久没有看见天安门了,明天我要去看看天安门。"他郑重地说,好像有点不好意思。

我忽然懂得了,这些个开始的开始,这必胜的信念,都是从那里来的呵!从那蓝天下高大的朱红建筑,从我们的国徽上来!从那里,我们看到祖国的有着悠久文化的过去;从那里,我们看到社会主义、共产主义美好的将来。从那里,我们看见那经过万水千山的革命足迹;从那里,我们继续走着坚定的步伐一直向前。有什么力量不能产生?什么信念不能确立呢?我也想起,有一个时期,我每天走过天安门,便想写一首诗,但翻来覆去只是一句:"我走过天安门,每个清晨,每个黄昏。""每个清晨,每个黄昏,我走过天安门。"然而这一句,不也就是所有的话了么?

荷兰老革命者格罗特给《人民日报》的信中说:"或许有一天我能真正为你们做些事,从而使生活更有意义。"我读到这里时,忍不住激动的眼泪。要想到,我们的每一个清晨和黄昏,都是他所盼望、所希求而尚不可得的呵。

我们的每一个清晨和黄昏，都是和那亲爱的有着丰富过去和美好未来的天安门紧密联系着的呵，我们的每一天都清晰地刻在社会主义的晴空上，我们的每一时都有力地推动着历史车轮的飞转。我们怎能不把一生作为时间的单位，永远开始着幸福的战斗，永不停息，永不懈息；朝朝暮暮，暮暮朝朝。

热土

弯曲的石径从小山坡上伸延下去,坡上坡下,长满了茂密的树木,望去只觉满眼一片浓绿,连身子都染得碧沉沉的。坡底绿草如茵,这里那里,点缀着粉红、淡蓝的小喇叭花。石径穿过草地,又爬上对面的小山坡,消失在绿荫深处。微风掠过这幽深的谷底,清晨芬芳的空气沁人心脾。许久以来,我还是第一次来到这隐秘的所在。

这不是我儿时常来玩的地方么?对了,那四根白石柱本是藤萝架,曾经开满淡紫色的花朵,宛如一个大的幔帐。记得我和弟弟,还有几个小朋友一起,常在这里跑来跑去捉迷藏。而我们最喜欢的游戏是玩土。小山脚下石径旁,那一块地方土质松软,很像沙土,我们便常在这里进行大规模的建设。造桥、铺路、挖河……把土盖在手背上拍紧,然后慢慢抽出手来，便形成一个洞，还可以堆起土墙、土房。我们几乎天天要造一座城池呢。

那正是"七七事变"后不久，我们几个孩子住在姑母家，因为那时这里是教会学校，可以苟安一时。虽然我们每天只是玩，但在小小的心里也感到国破的厄运了。记得就在这藤萝架下，我给飞蚂蚁咬了一口，哭个不停。弟弟担心地拉着我的手吹着，一个大些的小朋友不耐烦了，说道："这是什么大事，日本兵都打进来了！"

"他们来抢我们的土地吗？"我马上停住了哭，记起了这句大人说过的话。紧接着我就去抚摸我们经常抚摸的泥土，觉得土地是这样温暖，这样可亲可爱。我恨不得把祖国大地紧紧拥抱在胸怀之间，免得被人抢走，我生在这里，我爱这树、这山、这泥土……

我不觉坐在石径的最下一阶，抚摸着那绿草遮盖的土地，沉入了遐想。

我想起清华校门内的那条林荫道，夹道两行槐树。每年夏初，淡淡的槐花香，便预告着要有一批年轻人飞向祖国各地，去建设我们亲爱的祖国。记得我走上工作岗位那年，我们几个同学在那条路上徘徊了多少次！我们讨论怎样服从祖国的需要，怎样使自己成为一丝一缕，来为祖国、为人民、为革命织造锦绣前程！后来我们全班十一个同学一起写了一份决心书，其中有这样的话语："如果有不如意的时候，请不要跺脚吧！脚下的土地，埋藏着烈士的头颅，浸染着烈士的鲜血。我们没有权利惊扰他们，我们只有义务在他们为之献身的土地上，实现共产主义理想。"记得在大礼堂宣读这份决心书时，会场是那样安静，气氛是那样激动和热烈，每个年轻的心都充满着建设祖国的美好愿望。会后，我走出礼堂，看到门前一片草坪，我又一次想拥抱祖国的土地。我要用每分力量，使祖国的土地更加温暖……

下放劳动时，我亲耳听到一个公社书记也说了类似的话：我们脚下的土地非比寻常，"不要跺脚"。在村中住下了，我才知道确实有"热土"这两个字。我的房东大娘在抗日战争、解放战争中都是积极分子，她常说，这附近十几个村庄，多少里地，每一寸都有她的脚印。"连那桑干河的水波纹，都让我踩平了。"她的儿子没有枪高就参了军，五十年代末期在张家口地委工作，多次来信请娘去住，我就坐在大门前小凳上给老人家念过几次这样的信。大娘每次听过，总要怔怔地望着村外那一片果树林。村子居高临下，越过那一片雪白的花海，可以望见花林外面的桑干河，闪着亮光，正在滔滔流去。"热土难离呵！"大娘每次都喃喃地说，"热土难离！"

热土难离！我们的泪水、血汗灌溉着它，怎能不热！我们的骨骸、身体营养着它，怎能不热！因为我们在这里度过了童年，在这里寄托着青年时代的梦想；我们还要永远安息在这里。因为这是我们的，我们自己的，我们自己的祖国的土地。

可是在六十年代末期，一切过去和将来的梦，一切美好的人为之生活、战斗的信念，都成为十恶不赦的罪行。正在建设的城池轰然倾倒，热土变成了废墟。那段沉重的日子，说不完写不尽，但有些记忆，也会随着岁月的流逝而淡漠，可有一个说来平淡的现象，却使我永不能忘。由于各种原因，我好几个月不曾出城。一次终于来到这校园中看望年迈的父母，在经过几个宿舍楼时，感到气氛异常，两边楼顶上都横放着床板，后来知道那是武斗中的防御工事。行人经常来往的大路空荡荡的，到处扔着些破砖烂瓦。虽然阳光照得刺眼，却显得十分荒凉惨淡。不知是怎么回事，我踌躇良久便绕道而行。后来听人说，幸亏没有愣走过去，要是走过去，还不知有怎样的下场！那时，无论怎样的下场，我都不在乎，但我却记下了那空荡荡点缀着碎砖石的路面，阳光照得刺眼。

以后我每想起这制造出的空荡荡的荒凉惨淡，就想起我们的流着活水、开着鲜花的热土，就想起要在这一片热土上建设共产主义的热切的心情，就想起幼年时怕失去祖国的恐惧。无论经过怎样的曲折艰险，我总觉得脚下的热土给我力量，无论怎样迷茫绝望，我从未失去对祖国的信念。

清晨的和煦的阳光，从浓密的树荫间照了下来，可以看见一束束亮光里浅淡的白雾，雾气正在消散。一束光恰照在我儿时玩沙土的地方，这里是一片鲜嫩的绿色，我们那幼小的手建造起来的玩具城池，当然不复存在。但我们现在正用成人的坚定的手，在祖国的热土上，建设着新的、各种各样的美好的城池。为了得到这建设的权利，我们付出过多少巨大的牺牲，多少锥心的痛苦，多少艰辛的劳动……

建造新的城池，当然也不会一帆风顺，说不定还需要血肉之躯来做基石。然而经过那惨重灾难的人民，永远不会束手无策，永远会有足够的勇气，来建设起崭新美好的一切一切，即或面对疾风骤雨、惊雷骇电！因为我们是站在亿万人民的血泪和汗水浇灌的热土上，是站在中华民族祖祖辈辈的身体、骨殖营养的热土上啊!

　　我离开这幽静的绿谷,慢慢走回家去,远远看见巍峨的图书馆门前,有一群群背着书包的年轻人在等候……

湖光塔影

从燕园离去的人，难免沾染些泉石烟霞的癖好。清晨在翠竹下读书，黄昏在杨柳岸边散步，习惯了，自然觉得燕园的朝朝暮暮，和那一木一石融在一起，难以分开。在诸般景色中，最容易萦绕于人们思念的，大概是那湖光塔影的画面了。但若真把这幅画面落在纸上，究竟该怎样着笔，我却想不出。

小时候，常在湖边行走。只觉得这湖水真绿，绿得和岸边丛生的草木差不多，简直分不出草和水、水和草来；又觉得这湖真大，比清华的荷花池大多了。要不然怎么一个叫池，一个叫湖呢。对面湖岸看来不远，但可要走一会儿，不像荷花池一跑便是一圈。湖中心有一个绿色的小岛，望去树木葱茏，山石叠翠。岛东有一条白色的石船，永恒地停在那里。虽然很近，我却从未到过岛上。只在岸边看着鱼儿向岛游去，水面上形成一行行整齐的波纹，"鱼儿排队！"我想。在梦中，我便也加入鱼儿的队伍，去探索小岛的秘密。

一晃过了几十年。这里经过了多少惊涛骇浪。我在经历了人世酸辛之余，也已踏遍燕园的每一个角落，领略了花晨月夕，四时风光。未名湖，湖光依旧。那塔，应该是未名塔了，但却从没有人这样叫它。它矗立在湖边，塔影俨然。它本是实用的水塔，建造时注意到为湖山生色，仿照了通州十三层宝塔的式样。关于通州塔，有许多优美的传说故事，而这未名塔最让人难忘的，只是它投在湖水上的影子。晴天时，岸上的塔直指青天，水中的塔深延湖底，湖水一片碧绿，湖影在湖光中，檐角的小兽清晰可辨。阴雨时，黯云压着岸上的塔，水中的塔也似乎伸展不开，雨珠儿在湖面上跳落，泛起一层水汽，塔影摇曳了，散开了，一会儿又聚在一起，给人一种迷惘的感觉。雾起时，湖、塔都笼罩着一层层轻纱。雪落时，远近都覆盖着从未剪裁过的白绒毡。

月夜在湖上别有一番情调。湖西岸有一座筑有钟亭的小山，山侧有树木、草地和一条小路。月光在这儿，多少有些局促。循小路转过山角，眼前忽然一亮，只见月色照得一片通明，水面似乎比白天宽阔了许多，水波载着月光不知流向何方。但那些北岸树丛中的灯火，很快显示了湖岸的线条，透露了未名湖的秀雅风致。行近岸边，长长的柳丝摇曳着月色湖光。水的银光下是挺拔的塔影，天的银光下是挺拔的塔身。湖中心的小岛蓊蓊郁郁，显得既缥缈又实在。这地面上留住的月光和湖面上的不同。湖面上的闪烁如跃，如同乐曲中轻盈的拨弦；地面上的迷茫空灵，却似水墨画中不十分均匀的笔触。

循路东行到一座小石桥边，向右折去，是一潭与未名湖相通的水。水面不大，三面山坡，显得池水很深。山坡上树木茂密，水边石草杂置。月光从树中照进幽塘，水中反射出冷冷的光，真觉得此时应有一只白鹤从水上掠过，好为那"寒塘渡鹤影，冷月葬诗魂"的诗句作出图解。

又是清晨的散步。想是因为太早，湖畔阒寂无人，只有知了开始一天的喧闹。我在小山与湖水之间徐行，忽然想起，这山上有埃德加·斯诺先生的遗骨，我此时并不是一个人在这里。斯诺墓已经成为未名湖畔的一个名胜古迹了。简朴的墓碑上刻着"中国人民的美国朋友"的字样。这墓地据说原是花神庙的遗址。湖边上，正在墓的迎面，有一座红色的、砖石筑成的旧庙门，那想是原来的庙门了。我想，中国的花神会好好照看我们的朋友。而朋友这个名词所表现的深厚情谊正是我们和全世界人民关系的内涵。

站在红门下向湖中的岛眺望,那白石船仍静静地停泊在原处,树木只管各自绿着。但这几年,在那浓绿中,有一个半球状的铁网样的东西赫然摆在那里,仰面向着天空。那是一架射电天文望远镜,用来接收其他星体的电波。有的朋友认为它破坏了自然的景致,我却觉得它在湖光塔影之间,显示出人类智慧的光辉。儿时的梦在我眼前浮起,我要探索的小岛的奥秘,早已由这架望远镜向宇宙公开了。

沉思了片刻,未名塔的背后已是一片朝霞。平日到这时分,湖边的人会渐渐多起来。有人跑步,有人读书,整个湖上充满了活泼的生意。这时却只有两个七八岁的学生在我旁边。他们不知从何时起,坐在岸石上,聚精会神地观察水里的鱼。我想起现在已经放暑假了,孩子才有时间清早在水边流连。

"看!鱼!鱼排队!"他们高兴地大叫大嚷,一面指着水面上整齐的一行行波纹,波纹正向小岛行去。

"骑鱼探险去吧?"我不由得笑问。

"你怎么知道?"他们冲我眨眼睛,又赶快去盯住大鱼。我不只知道这个,还知道这小岛早已不在话下,他们的梦,应该是探索宇宙的奥秘了。

我怕打扰他们,便走开了。信步来到大图书馆前。这图书馆真有北京大学的气派。四层楼顶周围镶嵌的绿琉璃瓦在朝阳的光辉里闪闪发亮,正门外有两大片草地,如同两潭清浅的池水。凸出的门廊阶下两长排美人蕉正在开放,美人蕉后是木槿树,雪青、洁白的花朵缀在枝头。馆门上高悬"北京大学图书馆"七个挺秀的大字。这里藏书三百二十万册,有两千左右座位,还是终日座无虚席。平时,每天清晨,总有许多人在门前等候。有几次,这些年轻人别出心裁,各自放下装得鼓鼓的书包,由书包排成了长长队伍。书包虽不像鱼儿会游泳,但却引导人们在知识的活水中得到营养,一步步攀登高峰。这些年轻人中的一部分已经奔向祖国的四面八方,用学得的知识从事建设了。今后,还会有更多的年轻人来这里学习,汲取知识的活水。

　　这时,我虽不在未名湖畔,却想出了幅湖光塔影图。湖光、塔影,怎样画都是美的,但不要忘记在湖边大石上画出一个鼓鼓的半旧的帆布书包,书包下压着一纸我们伟大祖国的色彩绚丽的地图。

废墟的召唤

冬日的斜阳无力地照在这一片田野上。刚是下午,清华气象台上边的天空,已显出月牙儿的轮廓。顺着近年修的柏油路,左侧是干皱的田地,看上去十分坚硬,这里那里,点缀着断石残碑。右侧在夏天是一带荷塘,现在也只剩下冬日的凄冷。转过布满枯树的小山,那一大片废墟呈现在眼底时,我总有一种奇怪的感觉,好像历史忽然倒退到了古希腊罗马时代。而且乱石衰草中间,仿佛应该有着妲己、褒姒的窈窕身影,若隐若现,迷离扑朔。因为中国社会出奇的"稳定性",几千年来的传统一直传到那拉氏,还不终止。

这一带废墟是圆明园长春园的一部分。从东到西,有圆形的长台,长方形的观,已看不出形状的堂和小巧的方形的亭基。原来都是西式建筑,故俗称西洋楼。在莽苍苍的原野上，这一组建筑遗迹宛如一列正在覆没的船只，而那丛生的野草，便是海藻，杂陈的乱石，便是这荒野的海洋中的一簇簇泡沫了。三十多年前，初来这里，曾想，下次来时，它该下沉了罢？它该让出地方，好建设新的一切。但是每次再来，它还是停泊在原野上。远瀛观的断石柱，在灰蓝色的天空下，依然寂寞地站着，显得四周那样空荡荡，那样无倚无靠。大水法的拱形石门，依然卷着波涛。观水法的石屏上依然陈列着兵器甲胄，那雕镂还是那样清晰，那样有力。但石波不兴，雕兵永驻，这蒙受了奇耻大辱的废墟，只管悠闲地、若无其事地停泊着。

时间在这里，如石刻一般，停滞了，凝固了。建筑家说，建筑是凝固的音乐。建筑的遗迹，又是什么呢？凝固了的历史么？看那海晏堂前（也许是堂侧）的石饰，像一个近似半圆形的容器，年轻时，曾和几个朋友坐在里面照相。现在石"碗"依旧，我当然懒得爬上去了，但是我却欣然。因为我的变化，无非是自然规律之功罢了。我毕竟没有凝固——

对着一段凝固的历史，我只有怅然凝望。大水法与观水法之间的大片空地，原来是两座大喷泉，想那水姿之美，已到了标准境界，所以以"法"为名。西行可见一座高大的废墟，上大下小，像是只剩了一截的、倒置的金字塔。

悄立"塔"下，觉得人是这样渺小，天地是这样广阔，历史是这样悠久——

路旁的大石龟仍然无表情地蹲伏着。本应该立在它背上的石碑躺倒在土坡旁。它也许很想驮着这碑，尽自己的责任罢。风在路另侧的小树林中呼啸，忽高忽低，如泣如诉，仿佛从废墟上飘来了"留——留——"的声音。

我诧异地回转身去看了。暮色四合，方外观的石块白得分明，几座大石叠在一起，露出一个空隙，像对我开口讲话。告诉我这里经历的烛天的巨火么？告诉我时间在这里该怎样衡量么？还是告诉你的向往，你的期待？

风又从废墟上吹过，依然发出"留——留——"的声音。我忽然醒悟了。它是在召唤！召唤人们留下来，改造这凝固的历史。废墟，不愿永久停泊。

然而我没有为这努力过么？便在这大龟旁，我们几个人曾怎样热烈地争辩啊。那时候的我们，是何等慷慨激昂，是何等地满怀热忱！和人类比较起来，个人的一生是小得多的概念了，每个人自有理由做出不同的解释。我只想，楚国早已是湖北省，但楚辞的光辉，不是永远充塞于天地之间么？

空中一阵鸦噪，抬头只见寒鸦万点，驮着夕阳，掠过枯树林，转眼便消失在已呈粉红色的西天。在它们的翅膀底下，晚霞已到最艳丽的时刻。西山在朦胧中涂抹了一层娇红，轮廓渐渐清楚起来。那娇红中又透出一点蓝，显得十分凝重，正配得上空气中摸得着的寒意。

这景象也是我熟悉的，我不由得闭上眼睛。

"断碣残碑，都付与苍烟落照。"身旁的年轻人自言自语。事隔三十余年，我又在和年轻人辩论了。我不怪他们，怎能怪他们呢！我嗫嚅着，很不理直气壮。"留下来吧！就因为是废墟，需要每一个你呵。"

"匹夫有责。"年轻人是敏锐的，他清楚地说出我嗫嚅着的话。"但是怎样尽每一个我的责任？怎样使环境更好地让每一个我尽责任？"他微笑，笑容介于冷和苦之间。

我忽然理直气壮起来："那怎样，不就是内容么？"

他不答，我也停了说话，且看那瞬息万变的落照。迤逦行来，已到水边。水已成冰，冰中透出枝枝荷梗，枯梗上漾着绮辉。远山凹处，红日正沉，只照得天边山顶一片通红。岸边几株枯树，恰为夕阳做了画框。框外骄红的西山，这时却全呈黛青色，鲜嫩润泽，一派雨后初晴的模样，似与这黄昏全不相干，但也有浅淡的光，照在框外的冰上，使人想起月色的清冷。

树旁乱草中窸窣有声，原来有人作画。他正在调色板上蘸着颜色，蘸了又擦，擦了又蘸，好像不知怎样才能把那奇异的色彩捕捉在纸上。

"他不是画家。"年轻人评论道,"他只是爱这景色——"

前面高耸的断桥便是整个圆明园唯一的遗桥了。远望如一个乱石堆,近看则桥的格局宛在。桥背很高,桥面只剩下了一小半,不过桥下水流如线,过水早不必登桥了。

"我也许可以想一想,想一想这废墟的召唤。"年轻人忽然微笑说,那笑容仍然介于冷和苦之间。

我们仍望着落照。通红的火球消失了,剩下的远山显出一层层深浅不同的紫色。浓处如酒,淡处如梦。那不浓不淡处使我想起春日的紫藤萝,这铺天的霞锦,需要多少个藤萝花瓣啊。

仿佛听得说要修复圆明园了,我想,能不能留下一部分废墟呢?最好是远瀛观一带,或只是这座断桥,也可以的。

为了什么呢?为了凭吊这一段凝固的历史,为了记住废墟的召唤。

萤火

点点银白的、灵动的光,在草丛中飘浮。草丛中有各色的野花:黄的野菊,浅紫的二月兰,淡蓝的"毋忘我"。还有一种高茎的白花,每一朵都由许多极小的花朵组成,简直看不清花瓣。它的名字恰和"毋忘我"相反,据说是叫作"不要记得我",或可译作"毋念我"罢。在迷茫的夜中,一切彩色都失去了,有的只是黑黝黝一片。亮光飘忽地穿来穿去,一个亮点儿熄灭了,又有一个飞了过来。

若在淡淡的月光下,草丛中就会闪出一道明净的溪水,潺潺地、不慌不忙地流着。溪上有两块石板搭成的极古拙的小桥,小桥流水不远处的人家,便是我儿时的居处了。记得萤火虫很少飞近我们的家,只在溪上草间,把亮点儿投向反射出微光的水,水中便也闪动着小小的亮点,牵动着两岸草莽的倒影。现在看到童话片中要开始幻景时闪动的光芒，总会想起那条溪水，那片草丛，那散发着夏夜的芳香，飞翔着萤火虫的一小块地方。

幼小的我，经常在那一带玩耍。小桥那边，有一个土坡，也算是山罢。小路上了山，不见了。晚间站在溪畔，总觉得山那边是极遥远的地方，隐约在树丛中的女生宿舍楼，也是虚无缥缈的。其实白天常和游伴跑过去玩，大学生们有时拉住我们的手，说："你这黑眼睛的女孩子！你的眼睛好黑啊。"

大概是两三岁时，一天母亲进城去了，天黑了许久，还不回来。我不耐烦，哭个不停。老嬷嬷抱我在桥头站着，指给我看那桥边的小道。"回来啦，回来啦——"她唱着。其实这全不是母亲回来的路。夜未深，天色却黑得浓重，好像蒙着布，让人透不过气。小桥下忽然飞出一盏小灯，把黑夜挑开一道缝。接着又飞出一盏，又飞出一盏。花草亮了，溪水闪了。黑夜活跃起来，多好玩啊！我大声叫了："灯！飞的灯！"回头看家里，已经到处亮着灯了，而且一片声在叫我。我挣下地来，向灯火通明的家跑去，却又屡次回头，看那使黑夜发光的飞灯。

照说幼儿时期的事，我不该记得。也许我记得的，其实是后来母亲的叙述，或自己更入事后的心境罢。但那一晚我在桥头的景象，总是反复地、清晰地出现在我眼前，那黑夜，那划破了黑夜的萤火，以及后来的灯光——

长大了，又回到这所房屋时，我在自己的房间里便可以看到起伏明灭的萤火了。我的窗正对着那小溪。溪水比以前窄了，草丛比以前矮了，只有萤火，那银白的，有时是浅绿色的光，还是依旧。有时抛书独坐，在黑暗中看着那些飞舞的亮点，那么活泼，那么充满了灵气，不禁想到《仲夏夜之梦》里那些吵闹的小仙子；又不禁奇怪这发光的虫怎么未能在《聊斋志异》里占一席重要的地位。它们引起多么远、多么奇的想象。那一片萤光后的小山那边，像是有什么仙境在等待着我。但是我最多只是走出房来，在溪边徘徊片刻，看看墨色涂染的天、树，看看闪烁的溪水和萤火。仙境么，最好是留在想象和期待中的。

日子一天天热闹起来。解放，毕业，几乎每个人都觉得自己在发光。我们是解放后第三届大学生。毕业前夕，一个星光灿烂的夜晚，和几个好友，曾久久地坐在这溪边山坡上，望着星光和萤光。我们看准一棵树，又看准一个萤，看它是否能飞到那棵树，来卜自己的未来。几乎每一个萤都能飞到目的地，因为没有飞到的就不算数。那时，我们的表格里无一不填着"坚决服从分配，到祖国最需要的地方去"！无论分到哪里，我们都会怀着对美好未来的向往扑过去的。星空中忽然闪了一下，是一颗流星划过了天空。

据说流星闪亮时，心中闪过的希望是会如愿的。但我们谁也没有再想要什么。有了祖国，不就有了一切么？我觉得重任在肩，而且相信任何重任我都担得起。难道还有比这种信心更使人兴奋、欢喜，使人感到无可比拟的幸福么？虽然我知道自己很小，小得像萤火虫那样。萤却是会发光的，使得就连黑夜也璀璨美丽，使得就连黑夜也充满了幻想——

奇怪的是，自从离开清华园，再也不曾见到萤火虫。可能因为再也没有住在水边了。后来从书上知道，隋炀帝在江都一带经营过"萤苑"，征集"萤火数斛"，为夜晚游山之用。这皇帝连萤都不放过，都要征来服役，人民的苦难，更可想见了。但那"萤苑"风光，一定是好看的。因为那种活泼的光，每一点都呈现着生命的力量。以后无意中又得知萤能捕食害虫，于农作物有益，不觉十分高兴。便想，何不在公园中布置个"萤苑"，为夏夜增光，让曾被皇帝拘来当劳工的萤，有机会为人民服务呢。但在那十年浩劫中，连公园都几乎查封，那"萤苑"的构思，早也逃之夭夭了。

前几天，偶得机缘，和弟弟这个从小的同学往清华走了一遭。图书馆看去一次比一次小，早不是小时心目中的巍峨了。那肃穆的、勤奋的读书气氛依然，书库中的玻璃地板也还在；底层的报刊阅览室也还是许多人站着看报。弟弟说他常做一个同样的梦——到这里来借报纸。底层增加了检索图书用的计算机,弟弟兴致勃勃地和机上人员攀谈,也许他以后的梦,要改变途径了。我的萤火虫却在梦中也从未出现。行向小河那边时,因为在白天,本不指望看见萤火,但以为草坡上的"毋忘我"和"毋念我"总会显出了颜色。不料看见的,是一条干涸的沟,两岸干黄的土坡,春雨轻轻地飘洒,还没有一点绿意。那明净的、潺潺地不慌不忙流着的溪水,已不知何时流往何处了。我们旧日的家添盖了房屋,现在是幼儿园了。虽是假日,还有不少孩子,一个个转动着点漆般的眼睛看着我们。"你们这些黑眼睛的孩子!好黑的眼睛啊。"我不由得想。

事物总是在变迁,中心总要转移的。现在清华主楼的堂皇远非工字厅可比了。而那近代物理实验室中的元素光谱,使人感到科学的光辉,也是萤火虫们望尘莫及的。我们骑着车,淋着雨,高兴地到处留下校友的签名。从一十年代到七十年代排过来的长桌前,那如同戴着雪帽般的白头发,那敦实可靠的中年的肩膀,那发亮的、润泽的皮肤和眼睛,俨然画出了人生的旅程。我以为,在这条漫长而又短促的道路上,那淡蓝色和纯白的花朵,"毋忘我"和"毋念我",是必不可少的。因为人世间,有许多事应该永远记得,又有许多事是早该忘却了。

但总要尽力地发光,尤其在困境中。草丛中飘浮的、灵动的、活泼的萤火,常在我心头闪亮。

秋韵

京华秋色,最先想到的总是香山红叶。曾记得满山如火如荼的壮观,在太阳下,那红色似乎在跳动,像火焰一样。二三友人,骑着小驴,笑语与嘚嘚蹄声相和,循着弯曲小道,在山里穿行。秋的丰富和幽静调和得匀匀的,向每个毛孔渗进来。后来驴没有了,路平坦得多了,可以痛快地一直走到半山。如果走的是双清这一边,一段山路后,上几个陡台阶,眼前会出现大片金黄,那是几棵大树,现在想来,该是银杏罢。满树茂密的叶子都黄透了,从树梢披散到地,黄得那样滋润,好像把秋天的丰收集在那里了。让人觉得,这才是秋天的基调。

今年秋到香山,人也到香山。满路车辆与行人,如同电影散场,或要举行大规模代表会。只好改道万安山,去寻秋意。山麓有一片黄栌,不甚茂密。法海寺废墟前石阶两旁,有两片暗红,也很寥落。废墟上有顺治年间的残碑,镌有不得砍伐、不得放牧的字样。乱草丛中,断石横卧,枯树枝头,露出灰蓝的天和不甚明亮的太阳。这似乎很有秋天的萧索气象了。然而,这不是我要寻找的秋的韵致。

有人说,该到圆明园去,西洋楼西北的一片树林,这时大概正染着红、黄两种富丽的颜色。可对我来说,不断地寻秋是太奢侈了,不能支出这时间,且待来年罢。家人说:来年人更多,你骑车的本领更差,也还是无由寻到的。那就待来生罢,我说,大家一笑。

其实,我是注意今世的。清晨照例的散步,便是为了寻健康,没有什么浪漫色彩。这一天,秋已深了,披着斜风细雨,照例走到临湖轩下小湖旁,忽然觉得景色这般奇妙,似乎我从未到过这里。

小湖南面有一座小山,山与湖之间是一排高大的银杏树。几天不见,竟变成一座金黄屏障,遮住了山,映进了水。扇形叶子落了一地,铺满了绕湖的小径。似乎这金黄屏障向四周渗透,无限地扩大了。循路走去,湖东侧一片鲜红跳进眼帘。这样耀眼的红叶!不是黄栌,黄栌的红较暗;不是枫树,枫叶的红较深。这红叶着了雨,远看鲜亮极了,近看时,是对称的长形叶子,地下也有不少,成了薄薄一层红毯。在小片鲜红和高大的金屏障之间,还有深浅不同的绿,深浅不同的褐、棕等丰富的颜色环抱着澄明的秋水。冷冷的几滴秋雨,更给整个景色添了几分朦胧,似乎除了眼前一切,还有别的蕴藏。

这是我要寻的秋的韵致么?秋天是有成绩的人生,绚烂多彩而肃穆庄严,似朦胧而实清明,充满了大彻大悟的味道。

秋去冬来之时,意外地收到一份讣告,是父亲的一位哲学友人故去了。讣告上除生卒年月外,只有一首遗诗。译出来是这等模样:

不要推却友爱

不要延迟欢乐

现在不悟

便永迷惑

在这里

一切都有了着落

我要寻找的秋韵,原来便在现在,在这里,在心头。

燕园石寻

从燕园离去的人，可记得那些石头？

初看燕园景色，只见湖光塔影，秀树繁花，不会注意到石头。回想燕园风光，就会发现，无论水畔山基，或是桥边草中，到处离不开石头。

燕园多水，堤岸都用大块石头依其自然形态堆砌而成。走进有点古迹意味的西校门，往右一转，可见一片荷田。夏日花大如巨碗。荷田周围，都是石头。有的横躺，有的斜倚，有的竖立如小山峰，有的平坦可以休憩。岸边垂柳，水面风荷，连成层叠的绿，涂抹在石的堤岸上。

最大的水面是未名湖，也用石做堤岸。比起原来杂草丛生的土岸，初觉太人工化。但仔细看，便可把石的姿态融进水的边缘，水也增加了意味。西端湖水中有一小块不足以成为岛的土地，用大石与岸相连，连续的石块，像是逗号下的小尾巴。"岛"靠湖面一侧，有一条石雕的鱼，鳞甲毕现，曾见它无数次的沉浮。它半张着嘴，有时似在依着水面吐泡儿，有时则高高地昂着头。鱼头和向上翘着的尾巴，测量着湖面高低。每一个燕园长大的孩子，都在那石鱼背上坐过，把脚伸在水里，自由自在地幻想未来。等他们长大离开，这小小的鱼岛便成为他们生命中的一个逗号。

不只水边有石，山下也是石。从鱼岛往西，在绿荫中可见隆起的小山，土下都是大石。十几株大树的底座，也用大石围起。路边随时可见气象不一，成为景致的石头，几块石矗立桥边，便成了具有天然意趣的短栏。杂缀着野花的披拂的草中，随意躺卧着大石，那惬意样儿，似乎"嵇康晏眠"也不及它。

这些石块数以千万计，它们和山、水、路、桥一起，组成整体的美。燕园中还有些自成一家的石头可以一提。现在看到的七八块，都是太湖石，不知入不入得石谱。

办公楼南两条路会合处有一角草地，中间摆着一尊太湖石，不及一人高，宽宽的，是个矮胖子。石上许多纹路孔窍，让人联想到老人多皱纹和黑斑的脸，这似乎很丑。但也奇怪，看着看着，竟在丑中看出美来，那皱纹和黑斑都有一种自然的韵致，可以细细观玩。

北面有小路，达镜春园。两边树木郁郁葱葱，绕过楼房，随着曲径，寻石的人会忽然停住脚步。因为浓绿中站着两块大石，都带着湖水激荡的痕迹。两石相挨，似乎你望着我，我望着你。路的另一边草丛中站着一块稍矮的石，斜身侧望，似在看着两个伴侣。

再往里走，荷池在望，隔着卷舒开合任天真的碧叶红菡萏，赫然有一尊巨石，顶端有洞。转过池面通路，便见大石全貌。石下连着各种形状的较小的石块，显得格外高大。线条挺秀，洞孔诡秘；层峦叠嶂，都聚在石上。还有爬上来的藤萝，爬上来又静静地垂下。那鲜嫩的绿便滴在水池里、荷叶上。这是诸石中最辉煌的一尊。

不知不觉出镜园春，到了朗润园。说实话，我从来没有弄清两园交界究竟在何处。经过一条小村镇般的街道，到得一座桥边，正对桥身立着一尊石。这石不似一般太湖石玲珑多孔，却是大起大落，上下突出，中间凹进，可容童子蹲卧，如同虎口大张，在等待什么。放在桥头，似有守卫之意。

再往北走，便是燕园北墙了。又是一块草地上，有假山和太湖石。这尊石有一人多高，从北面看，宛如一只狼犬举着前腿站立，仰首向天，在大声吼叫。若要牵强附会说它是二郎神的哮天犬，未尝不可。

原以为燕园太湖石尽于此了，晨间散步，又发现两块。一块在数学系办公室外草坪上。这是常看见的，却几乎忽略了。它中等个儿，下面似有底座，仔细看，才知还是它自己。石旁一株棣棠，多年与石为伴，以前依偎着石，现在已遮蔽着石了。还有一块在体育馆西，几条道路交叉处的绿地上，三面有较小的石烘托。回想起来，这石似少特色。但既是太湖石，便有太湖石的品质。孔窍中似乎随时会有云雾涌出，给这错综复杂的世界更添几分迷幻。

燕园若是没有这些石头，很难想象会是什么模样。石头在中国艺术中，占有极重要的地位，无论园林、绘画还是文学。有人画石入迷，有人爱石成癖，而《红楼梦》中那位至情公子，也原不过是一块石头。

很想在我的"风庐"庭院中，摆一尊出色的石头。可能因为我写过《三生石》这小说，来访的友人也总在寻找那块石头。还有人说确实见到了。其实有的只是野草丛中的石块。这庭院屡遭破坏，又屡屡经营，现在多的是野草。野草丛中散有石块，是院墙拆了又修，修了又拆，然后又修时剩下的，在绿草中显出石的纹路，看着也很可爱。

燕园碑寻

燕园西门，古色古香，挂着宫灯的那一座，原是燕京大学的正门。当时车辆进出都走这个门，往燕南园住宅区的大路也是从西边来。上一个斜坡，往右一转，可见两个大龟各驮着一块石碑，分伏左右。这似乎是燕南园的入口了，但是许多年来，并没有设一个路牌指出这一点，实在令人奇怪。房屋上倒是有号码，却也难寻找。那些牌子的挂处特别，有的颇为浪漫地钉在树上，有的妄想高攀，快上了房顶。循规蹈矩待在门口的，也大多字迹模糊，很不醒目。

不过总算有这两座碑为记。其出处据说是圆明园。燕园里很多古物，像华表、石狮子、一块半块云阶什么的，都来自圆明园。驮碑的龟首向南，上得坡来先看到的是碑的背面，上面刻有许多名字。我一直以为是捐款赞助人，最近才看清上面写着圆明园花儿匠几个大字,下面是名单。看来皇帝游园之余,也还承认花儿匠的劳动。这样,我们寻碑的小小旅行便从对劳动者的纪念开始了。

两个大龟的脖颈很长,未曾想到缩头。严格说来这不是龟,而是龙生九子的一种,那名字很难记。东边的一个不知被谁涂红了大嘴和双眼,倒是没有人怀疑会发大水。一代一代的孩子骑在它们的脖颈上,留下些值得回忆的照片。碑的正面刻有文字,东边这块尚可辨认:

"……于内苑拓地数百弓,结篱为圃,奇葩异卉杂莳其间,每当露蕊晨开,香苞午绽,嫣红姹紫,如锦如霞。虽洛下之名园河阳之花县不足过也。伏念天地间,一草一木皆出神功……以祀花神,从此寒暑益适其宜,阴阳各遵其性。不必催花之鼓,护花之铃,而吐蕊扬花四时不绝……"

倒是说出一点百花齐放的道理。立碑人名字不同,都是圆明园总管。一立于乾隆十年,花朝后二日;一立于十二年,中秋后三日。已是两百多年前的事了。

从燕南园往北,有六座中西合璧的小院,以数目名,多为各系的办公室。在一、二、三院和四、五、六院之间,原是大片草地,上有颇具规模的假山,还有一大架藤萝,后因这些景致有"不生产"的罪名,统统被废。这块地变成苹果园,周围圈以密不透风的松墙,保护果实。北头松墙的东西两端，各有大碑，比松墙高些，露出碑顶。过往的人，稍留心的怕也以为是什么柱子之类，不会想到是怕人忘却的碑。

从果树下钻过去，挤在碑前，可见上有满汉两种文字。碑身很高，又不能爬到大龟身上，只能观察大概。两碑都是康熙二十四年为四川巡抚杭爱立的。东边是康熙亲撰碑文，写明"四川巡抚都察院右副御史加五级谥勤襄杭爱碑文"，文中有"总藩晋地，著声绩于当年；拥节关中，弘抚绥于此境"的句子，据《清史稿》载，杭爱先任山西布政使，擢陕西巡抚，又调四川镇压叛乱，大大有功。西边碑上是康熙特命礼部侍郎作的祭文，这两碑应该立在杭爱坟墓之前，可是坟墓也不知哪里去了。

北阁以北的小山顶上，荒草丛中，有一座不大像碑的碑。乍一看，似是一块断石；仔细看，原来大有名堂。碑身上刻有明末清初画家蓝瑛的梅花，碑额上有乾隆题字。梅花本来给人孤高之感，刻在石上，更觉清冷。有几枝花朵还很清晰，蕊心历历可见。若不是明写着蓝瑛梅花石碑，这碑也许早带着几枝梅花去垫墙基屋角了。本来这种糊涂事是很多的。现在它守着半山迎春开了又谢，几树黄栌绿了又红，不知还要过多少春秋。燕园年年成千上万的人来去，看到这碑的人可能不多。不过，不看倒也没有什么可遗憾。

再往北到钟亭下面，有一个小小的十字路口。我在这里走了千万遍。有时会想到培尔·金特在十字路口的遭遇，那铸纽扣的人拿着勺，要把他铸成一粒纽扣，还没有窟窿眼儿。十字路口的西北面有近几年立的蔡子民先生像，西南面有一块正式的乾隆御碑。底座和碑边都雕满飞龙，以保护御笔。碑身是横放的长方形，两面有诗，写明种松戏题，丁未仲春御笔，并有天子之宝的御印。乾隆的字很熟练，但毫无秀气，比宋徽宗的瘦金体差远了。义山诗云，"古来才命两相妨"。像赵佶、李煜这样的人，只能是误为人主吧。

从小山间下坡，眼前突然开阔。柳枝拂动，把淡淡的水光牵了上来。这就是未名湖了。过小桥，可见七座建筑。"文革"中改名曰红几楼红几楼，不知现在是否又改了回来。其中健斋是座方形小楼，靠近湖边。住在楼中，可细览湖上寒暑晨昏各种景色。健斋旁有四扇石碑，一排站着，上刻两副对联："画舫平临苹岸润，飞楼俯映柳荫多。""夹镜光澄风四面，垂虹影界水中央。"据说是和珅所刻，原立在湖心岛旁石舫上的小楼前，小楼毁后移至此。严格说来并不是碑。它写景很实，画舫指的是石舫，飞楼当指那已不复存在的舱楼。夹镜指湖，垂虹指桥，全都包括在内了。"平临苹岸"一句,"平""苹"同音,不好。其实"苹"字可以改作另一个带草头的字,可用的字不少。

从未名湖北向西,便到西门内稍南的荷池。荷池不大,但夏来清香四溢,那沁人肺腑的气息,到冬天似乎还可感觉。一九八九年五月四日,荷池旁草地上,新立起一座极有意义的碑,它不评风花雪月,不记君恩臣功,而是概括了一段历史,这就是国立西南联合大学纪念碑。这碑原在昆明现云南师大校园中的一个角落里,除非特意寻找,很难看见。为了纪念那一段不平凡的日子,为了让更多的人知道历史,作为组成西南联大的三校之一的北京大学和西南联大校友会做了一件大好事,照原碑复制一碑立在此处。

碑的正面是碑文,背面刻有全体为抵抗日本侵略,为保护祖国而从军的学生名字。碑文系冯友兰先生撰写,闻一多先生篆额,罗庸先生书丹,真乃兼数家之美。文章记述了西南联大始末,并提出可纪念者四。首庆中华古国有不竭的生命力,"盖并世列强,虽新而不古,希腊、罗马有古而无今。惟我国家,亘古亘今,亦新亦旧,斯所谓'周虽旧邦,其命维新'者也";次论三校合作无间,"同无妨异,异不害同,五色交辉,相得益彰,八音合奏,终和且平";第三说明"万物并育而不相害,道并行而不相悖,小德川流，大德敦化，此天地之所以为大。斯虽先民之恒言，实为民主之真谛"；第四指出古人三次南渡未能北返，"风景不殊，晋人之深悲；还我河山，宋人之虚愿。吾人为第四次南渡，乃能于不十年间收恢复之全功，庾信不哀江南，杜甫喜收蓟北"，实可纪念。文章洋溢着一种爱国家，爱民族，爱理想的深情，看上去，真不觉得那是刻在一块冰冷的石头上。

几十年来，碑文作者遭遇了各种批判、攻击乃至诋毁、诬蔑，在世界学者中实属罕见。一九八〇年我到昆明，瞻仰此碑，曾信手写下一首小诗：阳光下极清晰的文字／留住提炼了的过去／虽然你能证明历史／谁又来证明你自己。

也许待那"自己"变为历史以后，才会有别的证明。证明什么呢？证明一个人在人生最后的铸勺里，化为一枚有窟窿眼儿的纽扣？

每于夕阳西下，来这一带散步，有时荷风轻拂，有时雪色侵衣。常见有人在认真地读那碑文，心中不免觉得安慰。于安慰中，又觉得自己很傻，别人也很傻；所有做碑的人都很傻。碑的作者和读者终将逝去。而"断碣残碑，都付与苍烟落照"。不过，就凭这点傻劲儿，人才能一代一代传下去。还会有新的纪念碑，树立在苍烟落照里。

燕园树寻

燕园的树何必寻？无论园中哪个角落，都是满眼装不下的绿。这当然是春夏的时候。到得冬天，松柏之属，仍然绿着，虽不鲜亮，却很沉着。落叶树木剩了权桠枝条，各种姿态，也是看不尽的。

先从自家院里说起。院中的三棵古松，是"三松堂"命名的由来，也因"三松堂"而为人所知了。世界各地来的学者常爱观赏一番，然后在树下留影。三松中的两株十分高大，超过屋顶，一株是挺直的，一株在高处折弯，作九十度角，像个很大的伞柄，撒开来的松枝如同两把别致的大伞，遮住了四分之一的院子。第三株大概种类不同，长不高，在花墙边斜斜地伸出枝干，很像黄山的迎客松。地锦的条蔓从花墙上爬过来，挂在它身上。秋来时，好像挂着几条红缎带，两只白猫喜欢抓弄摇曳的叶子，在松树周围跑来跑去,有时一下子蹿上树顶,坐定了,低头认真地观察世界。

若从下面抬头看,天空是一块图案,被松枝划为小块的美丽的图案。由于松的接引,好像离地近多了。常有人说,在这里做气功最好了,可以和松树换气,益寿延年。我相信这话,可总未开始。

后园有一株老槐树,比松树还要高大,"文革"中成为尺蠖寄居之所。它们结成很大的网,拦住人们去路,勉强走过,便赢得几十条绿莹莹的小动物在鬓发间,衣领里。最可恶的是它们侵略成性,从窗隙爬进屋里,不时吓人一跳。我们求药无门,乃从根本着手,多次申请除去这树,未获批准。后来忍无可忍,密谋要向它下毒手了,幸亏人们忽然从"阶级斗争"的噩梦中醒来,开始注意一点改善自身的生活环境,才使密谋不必付诸实现。打过几次药后,那绿虫便绝迹。我们真有点"解放"的感觉。

老槐树下,如今是一畦月季,还有一圆形木架,爬满了金银花。老槐树让阳光从枝叶间漏下,形成"花阴凉",保护它的小邻居。因为尺蠖的关系,我对"窝主"心怀不满,不大想它的功绩,甚至不大想它其实也是被侵略和被损害的。不过不管我怎样想,现在一块写明"古树"的小牌钉在树身,更是动不得了。

院中有一棵大栾树,枝繁叶茂,恰在我窗前。从窗中望不到树顶。每有大风,树枝晃动起来,真觉天昏地暗,地动山摇,有点像坐在船上。这树开小黄花,春夏之交,有一个大大的黄色的头顶,吸引了不少野蜂。以前还有不少野蜂在树旁筑窝,后来都知趣地避开了。夏天的树,挂满浅绿色的小灯笼,是花变的。以后变黄了,坠落了。满院子除了落叶还有小灯笼,扫不胜扫。专司打扫院子的老头曾形容说,这树真霸道。后来他下世了,几个接班人也跟着去了,后继无人,只好由它霸道去。看来人是熬不过树的。

出得自家院门,树木不可胜数,可说的也很多,只能略拣几棵。临湖轩前面的两株白皮松,是很壮观的。它们有石砌的底座,显得格外尊贵。树身挺直,树皮呈灰白色。北边的一株在根处便分杈,两条枝干相并相依,似可谓之连理。南边的一株树身粗壮,在高处分杈。两树的枝叶都比较收拢,树顶不太大,好像三位高大而瘦削的老人,因为饱经沧桑,只有沉默。

俄文楼前有一株元宝枫,北面小山下有几树黄栌,是涂抹秋色的能手。燕园中枫树很多,数这一株最大,两人才可以合抱。它和黄栌一年一度焕彩蒸霞,使这一带的秋意如醇酒,如一曲辉煌的钢琴协奏曲。

若讲到一个种类的树,不是一株树,杨柳值得一提。

杨柳极为普通，因为太普通了，人们反而忽略了它的特色。未名湖畔和几个荷塘边遍植杨柳，我乃朝夕得见。见它们在春寒料峭时发出嫩黄的枝条，直到立冬以后还拂动着。见它们伴着娇黄的迎春、火红的榆叶梅度过春天的热烈，由着夏日的知了在枝头喧闹，然后又陪衬着秋天的绚丽，直到一切扮演完毕。不管湖水是丰满还是低落，是清明还是糊涂，柳枝总在水面低回宛转，依依不舍。"杨柳岸，晓风残月"，岸上有柳，才显出风和月，若是光光的土地，成何光景？它们常集体作为陪衬，实在是忠于职守，不想出风头的好树。

银杏不是这样易活多见的树，燕园中却不少，真可成为一景。若仿什么十景八景的编排，可称为"银杏流光"。西门内一株最大，总有百年以上的寿数，有木栏围护。一年中它最得意时，那满树略带银光的黄，成为夺目的景象。我有时会想起霍桑小说中那棵光华灿烂的毒树，也许因为它们都是那样独特。其实银杏树是满身的正气，果实有微毒，可以食用。常见一些不很老的老太太，提着小篮去"拣白果"。

银杏树分雌雄。草地上对称处原有另一株，大概是它的配偶。这配偶命不好，几次被移走，有心人又几次补种。到现在还是垂髫少女，大概是看不上那老树的。一院院中，有两大株，分列甬道两旁，倒是原配。它们比二层楼还高，枝叶罩满小院。若在楼上，金叶银枝，伸手可取。我常想摸一摸那枝叶，但我从未上过这院中的楼，想来这辈子也不会上去了。

它们的集体更是壮观了。临湖轩下小湖旁，七棵巨人似的大树站成一排，挡住了一面山。我曾不止一次写过那金黄的大屏风。这两年，它们的叶子不够繁茂，已经不像从前那样有气势了。树下原有许多不知名的小红树，和大片的黄连在一起，真是如火如荼，现在莫名其妙地消失了，大概给砍掉了。这一排银杏树，一定为失去了朋友而伤心罢。

砍去的树很多。最让人舍不得的是办公楼前的两大棵西府海棠，比颐和园乐寿堂前的还大，盛开时简直能把一园的春色都集中在这里。"文革"中不知它触犯了哪一位，顿遭斧钺之灾。至今有的老先生说起时，仍带着眼泪。这似乎可作为"老年花似雾中看"的新解。

还有些树被移走了，去点缀新盖的楼堂馆所。砍去的和移走的是寻不到了，但总有新的在生在长，谁也挡不住。

新的银杏便有许多。一出我家后角门，可见南边通往学生区的路。路很直，两边年轻的银杏树也很直。年复一年地由绿而黄。不知有多少年轻人走过这路，迎着新芽，踩着落叶，来了又走了，走远了——

而树还在这里生长。

燕园墓寻

提起燕园的墓,最先就会想到埃德加·斯诺安眠的所在。那里原是花神庙的旧址,前临未名湖,后倚一小山,风水绝佳。岸边山下,还有花神庙旧山门。在燕园居住近四十年,见这山门的颜色从未变过,也不见哪一天刷新,也不见哪一天剥落,总是一种很旧的淡红色,映着清波,映着绿柳。

下葬在一九七二年。那天来了许多要人,是一大盛事。据说斯诺遗嘱葬他一部分骨灰在此,另一部分洒进了纽约附近的赫德孙河,以示他一半属于美国,一半属于中国。分得那样遥远,我总觉得不大舒服,当然这是多虑。一块天然的大石头盖住了墓穴,矮长的墓碑上简单地刻着名字和生卒年月,金色的字,不久便有几处剥落了。周围的冬青,十几年也不见长高,真是奇怪。

斯诺的名著《西行漫记》曾风行全世界。三四十年代在沦陷区的青年因看这书被捕入狱,大后方的青年读这书而更坚定追求信心。他们追求理想社会,没有人剥削人,没有人压迫人,献身的热情十分可贵,只是太简单了。斯诺后来有一部著作《大河那边》我未得见。如果他活到现在,不知会不会再写一部比较曲折复杂的书。

另一位美国人葛立普(1870—1946),一九二〇年应聘担任北京大学地质系教授和农商部地质调查所古生物室主任,为中国地质学会创立者之一。他去世后先葬在沙滩北大地质馆内。一九八二年迁在燕园西门内。这里南临荷池,北望石桥,东面是重楼飞檐的建筑,西面是一条小路。来往的人很容易看见他的名字,知道有这样一位朋友。这大概是墓的作用。

还有一位英国朋友的墓可真得寻一寻了,不仔细寻找是看不见的。前两年,经一位燕京校友指点,我们在临湖轩下靠湖的小山边走来走去许多遍,终于在长草披拂中找到一块石头,和其他石头毫无区别,只上面写着"Lapwood"几个英文字和"1909—1984"几个数字。只此而已,没有别的记载。

赖朴吾曾是燕京大学数学系教授,北平沦陷时曾越过封锁线到过平西游击区,和我游击队有联系。解放后他回英国任剑桥大学数学系主任。一九八四年来华讲学,在北京病逝。遗愿"把骨灰洒在未名湖的一个小小的花坛里"。大概原是不打算留下名字的,所以葬在草丛中大石下,让人寻找。

这几天在未名湖边散步,忽然发现临湖轩下小山脚的草少了许多,赖朴吾的名字赫然分明,再没有草丛遮掩。旁边一块较小的石上,又添了一个外国名字和数字"1898—1981"。因照签名镌刻,认辨不出是哪一位。经过多方打听,才知道这不是墓,而是纪念碑。那名字是"Sailor",即故燕京大学心理系教授夏仁德,美国人。

据说夏仁德是虔诚的基督徒,但三十年代的青年学生,在他指定的参考书中第一次接触了《共产党宣言》。在北平沦陷时进步学生常在他家中集会。他曾通过各种关系,将许多医药器材送进解放区。解放后返回美国。后来人们渐渐不知道他了。现在燕京校友将他的名字刻在石上,以示不忘。

这几个朋友的墓使我感到一种志在四方的胸怀。我们总希望落叶归根,异域孤魂是非常凄惨的联想。而他们愿意永远留在这未名湖边,傍着旧石,望着荷田,依着花神庙。也许他们的家乡观念淡泊些?也许他们认为,自己所爱的,便是超乎一切的选择?

离葛立普不远，在原燕京图书馆南面小坡旁，有两座碑，纪念四位青年学子。我一直以为那是墓，所以列入"墓寻"篇，这次仔细观察，始知是纪念碑。两座碑都是方形柱，高约两米，顶端是尖的，使人想起"刺破青天锷未残"的诗句。

四位同学都是一九二六年三·一八事件中的遇难者。北面的一座纪念三位北京大学学生。四方柱上三面刻三·一八遇难烈士的名字。他们是：张仲超，陕西三原人氏，二十三岁；黄克仁，湖南长沙人氏，十九岁；李家珍，湖南醴陵人氏，二十一岁。背面刻"中华民国十有八年五月卅日立石"，下有铭文，曰："死者烈士之身，不死者烈士之神。愤八国之通牒兮，竟杀身以成仁。唯烈士之碧血兮，共北大而长新。踏着三·一八血迹兮，雪国耻以敌强邻。繁后死之责任兮，誓尝胆以卧薪。北大教授黄右昌撰。"黄右昌不知何许人。此碑原立于城内北大三院（北河沿），一九八二年迁此。

南面一座纪念燕京大学二年级女学生魏士毅。有说明本来同学们打算把她葬在这里，因家属不同意，乃立碑"用申景慕"。碑文和铭文都简练而有感染力。碑文如下："劬学励志，性不容恶，尝慨然以改革习俗为己任。民国十五年三月十八日，北京各学校学生为八国通牒事，参加国民大会，至国务院请愿，女士与焉，遂罹于难。年二十有三岁。"铭曰："国有巨蠹政不纲，城狐社鼠争跳梁。公门喋血歼我良，牺牲小己终取偿。北斗无酒南箕扬，民心向背关兴亡。愿后死者勿相忘。"碑最下方书：燕大男女两校及女附中学生会全体会员立。

这一带环境变迁很大，实际上人的忘性也很大。有多少人记得这里原来的那一片树林，那一片稻田？记得那林中的幽僻和那田间的舒展？我曾在震耳的蛙声中，在林间小路上险些踩上一条赤练蛇。现在树林稻田都已消失，代之而起的是留学生楼——勺园，蛙声则理所当然地为出租车声代替了。

幸好这两座烈士纪念碑依旧。碑座上还不时会出现一两束新摘的野花，在绿荫中让人眼前一亮。

长勿相忘

燕园居民中传着一种说法，说是园中还有许多无形的、根本寻不出的墓。那是未经任何手续，悄悄埋在这风景佳胜处的。对于外人来说，就无可寻考了。只亡人的亲人，会在只有自己知道的角落，在心里说些悄悄话。也许在风前月下，在悄无人迹的清晨与黄昏，还会有小小的祭奠。

祭奠与否亡灵并不知道，实在是生者安慰自己的心罢了。墓其实也是为活人设的。在燕园寻墓迹的同时，也在为已去世十三年的母亲在燕园外安排一个永栖之所。要它像个样儿，不过是活人看着像样而已。也许潜意识里更为的是让以后有这等雅兴的人寻上一寻。

燕园桥寻

燕园西墙边这条路走过不止千万遍,从不觉得有什么特别。这次本想从路的一端出新校门去的,有人站在那儿说,此门只准走车,不能走人。便只好转过身来,循墙向旧西门走去。

忽然看见了那桥,那白色的桥。桥不很大,却也不是小桥,大概类似中篇小说吧。栏杆像许许多多中国桥一样,随着桥身慢慢升起,若把个个柱顶连接起来,就成为好看的弧线。那天水面格外清澈,桥下三个半圆的洞,和水中倒影合成了三轮满月。我的眼睛再装不下别的景致了。

"燕园桥寻"这题目蓦地来到了心头。我在燕园寻石寻碑寻树寻墓,怎么忘记了桥呢!而我素来是喜欢桥的。

再向前走,两株大松树移进了画面,一株头尖,一株头圆,桥身显在两松之间,绿树和流水连成一片。随着脚步移动，尖的一株退出了，圆的一株斜斜地掩着桥身，像在问答什么。走到桥头时，便见这桥直对旧西门。原来的设计是进门过桥，经过一大片草地，便到办公楼。现在听说为了保护文物，许久不准走机动车了，上下班时间过桥的行人与自行车还是很多。

冬天从荷塘边西南联大纪念碑处望这桥，雪拥冰封，没有了桥下满月。几株枯树相伴，桥身分明，线条很美。上桥去看，可见柱头雕着云朵，扶手下横板上雕出悬着的流云，数一数，栏杆十二。这是燕园第一桥。

燕园的第二座桥，应是体育馆北侧的罗锅桥。这种桥颐和园里有。罗锅者，驼背之意也。桥面中间隆起，两面的坡都很陡，汽车是无法经过的，所以在桥旁修了柏油路。桥下没有流水，好在未名湖就在旁边，岸边垂柳，伸手可及，凭栏而立，水波轻，柳枝长。湖心岛边石舫泊在对面，可以望住那永远开不动的船。

不知中国园林中为什么设计这样难走的桥。圆明园唯一存下的"真迹"桥，也是一个驼背。现在可能因为残缺了，更是无法过去。再一想，大概园林中的桥不只是为了行走，而且是为了观赏。"二十四桥明月夜"，桥，使人想起多少景致。我未到过扬州，想来二十四桥一定各有别出心裁的设计，有的要高，有的要弯，有的要平，所以有来，经过荷塘，以为没有水了，东行却又见未名湖。勺园留学生楼北侧，立有塞万提斯像，在这位古装外籍人士的背后，横着一条深溪，两座小桥分架其上，一座四栏杆桥在荷塘边，一座六栏杆桥通往树丛之中。若不注意，只管走下去，顺脚得很，因为有桥连着呢。

俄罗斯盲诗人爱罗先珂的诗剧《桃色的云》中有这样几行反复出现的句子："虹的桥是美丽的，虹的桥是相思的。虹的桥是想要上去的，虹的桥是想要过去的。"我很喜欢《桃色的云》，曾多次撺掇剧院演出，总未果。桥本身就是美的，充满希望的；虹的桥更是美丽的，相思的，而且是属于春天的。

燕园北部镜春、朗润两园水面多，也有几个石板桥，印象中似乎特色不显著。这一带较有野趣，用石板平桥正可取。记得一年夏间，随意散步过来，过几处石桥，见两园交界处，数家民房，绿荫掩映，真有点江南小镇的风光。

曾见一个陌生人在曲折的水湾旁问路，人们指点说，前面有桥，有桥连着呢。

报秋

似乎刚过春节,什么都来不及干呢,已是长夏天气,让人懒洋洋的像只猫。一家人夏衣尚未打点好,猛然却见玉簪花那雪白的圆鼓鼓的棒槌,从拥挤着的宽大的绿叶中探出头来。我先是一惊,随即怅然。这花一开,没几天便是立秋。以后便是处暑便是白露便是秋分便是寒露,过了霜降,便立冬了。真真的怎么得了!

一朵花苞钻出来,一个柄上的好几朵都跟上。花苞很有精神,越长越长,成为玉簪模样。开放都在晚间,一朵持续约一昼夜。六片清雅修长的花瓣围着花蕊,当中的一株顶着一点嫩黄,颤颤地望着自己雪白的小窝。

这花的生命力极强,随便种种,总会活的。不挑地方,不拣土壤,而且特别喜欢背阴处,把阳光让给别人,很是谦让。据说花瓣可以入药。还有人来讨那叶子,要捣烂了治脚气。我说它是生活上向下比，工作上向上比，算得一种玉簪花精神罢。

我喜欢花，却没有侍弄花的闲情。因有自知之明，不敢邀名花居留，只有时要点草花种种。有一种太阳花又名死不了，开时五色缤纷，杂在草间很好看。种了几次，都不成功。"连死不了都种死了。"我常这样自嘲。

玉簪花却不同，从不要人照料，只管自己蓬勃生长。往后院月洞门小径的两旁，随便移栽了几个嫩芽，次年便有绿叶白花，点缀着夏末秋初的景致。我的房门外有一小块地，原有两行花，现已形成一片，绿油油的，完全遮住了地面。在晨光熹微或暮色朦胧中，一柄柄白花擎起，隐约和绿波上的白帆，不知驶向何方。有些植物的繁茂枝叶中，会藏着一些小活物，吓人一跳。玉簪花下却总是干净的。可能因气味的缘故，不容虫豸近身。

花开有十几朵，满院便飘散着芳香。不是丁香的幽香，不是桂花的甜香，也不是荷花的那种清香。它的香比较强，似乎有点醒脑的作用。采几朵放在养石子的水盆中，房间里便也飘散着香气，让人减少几分懒洋洋，让人心里警惕着：秋来了。

秋是收获的季节，我却是两手空空。一年、两年过去了，总是在不安和焦虑中。怪谁呢，很难回答。

久居异乡的兄长,业余喜好诗词。前天寄来自译的朱敦儒的那首西江月。原文是:

日日深杯酒满,朝朝小圃花开,自歌自舞自开怀,无拘无束无碍。

青史几番春梦,红尘多少奇才,不消计较与安排,领取而今现在。

若照他译的英文再译回来,最后一句是认命的意思。这意思有,但似不够完全。我把"领取而今现在"一句反复吟哦,觉得这是一种悠然自得的境界。其实不必深杯酒满,不必小圃花开,只在心中领取,便得逍遥。

领取自己那一份,也有品味把玩、获得的意思。那么,领取秋,领取冬,领取四季,领取生活罢。

那第一朵花出现已一周,凋谢了。可是别的一朵一朵在接上来。圆鼓鼓的花苞,盛开了的花朵,由一个个柄擎着,在绿波上漂浮。

送春

说起燕园的野花,声势最为浩大的,要数二月兰了。它们本是很单薄的,脆弱的茎,几片叶子,顶上开着小朵小朵简单的花。可是开成一大片,就形成春光中重要的色调。阴历二月,它们已探头探脑地出现在地上,然后忽然一下子就成了一大片。一大片深紫浅紫的颜色,不知为什么总有点朦胧。房前屋后,路边沟沿,都让它们占据了,熏染了。看起来,好像比它们实际占的地盘还要大。微风过处,花面起伏,丰富的各种层次的紫色一闪一闪地滚动着,仿佛还要到别处去涂抹。

没有人种过这花,但它每年都大开而特开。童年在清华,屋旁小溪边,便是它们的世界。人们不在意有这些花,它们也不在意人们是否在意,只管尽情地开放。那多变化的紫色,贯穿了我所经历的几十个春天。只在昆明那几年让白色的木香花代替了。木香花以后的岁月,便定格在燕园,而燕园的明媚春光,是少不了二月兰的。

斯诺墓所在的小山后面,人迹罕至,便成了二月兰的天下。从路边到山坡,在树与树之间,挤满花朵。有一小块颜色很深,像需要些水化一化;有一块颜色很浅,近乎白色。在深色中有浅色的花朵,形成一些小亮点儿;在浅色中又有深色的笔触,免得它太轻灵。深深浅浅连成一片。这条路我也是不常走的,但每到春天,总要多来几回,看看这些小友。

其实我家近处,便有大片二月兰。各芳邻门前都有特色,有人从荷兰带回郁金香,有人从近处花圃移来各色花草。这家因主人年老,儿孙远居海外,没有人侍弄园子,倒给了二月兰充分发展的机会。春来开得满园,像一块花毯,衬着边上的绿松墙。花朵们往松墙的缝隙间直挤过去,稳重的松树也在含笑望着它们。

这花开得好放肆!我心里说。我家屋后,一条弯弯的石径两侧直到后窗下,每到春来,都是二月兰的领地。面积虽小,也在尽情抛洒春光。不想一次有人来收拾院子,给枯草烧了一把火,说也要给野花立规矩。次年春天便不见了二月兰,它受不了规矩。野草却依旧猛长。我简直想给二月兰写信,邀请它们重返家园。信是无处投递,乃特地从附近移了几棵，也尚未见功效。

许多人不知道二月兰为何许花，甚至语文教科书的插图也把它画成兰花的模样。兰花素有花中君子之称，品高香幽。二月兰虽也有个兰字，可完全与兰花没有关系，也不想攀高枝，只悄悄从泥土中钻出来，如火如荼点缀了春光，又悄悄落尽。我曾建议一年轻画徒，画一画这野花，最好用水彩，用印象派手法。年轻人交来一幅画稿，在灰暗的背景中只有一枝伶仃的花，又依照"现代"眼光，在花旁画了一个破竹篮。

"这不是二月兰的典型姿态。"我心里评判着。二月兰是一大片一大片的，千军万马。身躯瘦弱地位卑下，却高扬着活力，看了让人透不过气来。而且它们不只开得隆重茂盛，尽情尽性，还有持久的精神。这是今春才悟到的。

因为病，因为懒，常几日不出房门。整个春天各种花开花谢，来去匆匆，有的便不得见。却总见二月兰不动声色地开在那里，似乎随时在等候，问一句："你好些吗？"

又是一次小病后，在园中行走。忽觉绿色满眼，已为遮蔽炎热作准备。走到二月兰的领地时，不见花朵，只剩下绿色直连到松墙。好像原有一大张绚烂的彩画，现在掀过去了，卷起来了，放在什么地方，以待来年。

我知道，春归去了。

在领地边徘徊了一会儿，忽然意识到二月兰的忠心和执着。从春如十三女儿学绣时，它便开花，直到雨僝风僽，春深春老。它迎春来，伴春在，送春去。古诗云"开到荼蘼花事了"，我始终不知荼蘼是个什么样儿，却亲见二月兰蓦然消失，是春归的一个指征。

迎春人人欢喜，有谁喜欢送春？忠心的、执着的二月兰没有推托这个任务。

松侣

一位朋友曾说她从未注意过木槿花是什么样儿,我答应院中木槿花开时,邀她来看。这株木槿原在窗前,为争得光线,春末夏初时我把它移到篱边。它很挣扎了一阵,活下来了,可是秋初着花时节,一朵未见。偶见大图书馆前两排木槿,开着紫、白、红各色的花朵,便想通知朋友,到那里观看。不知有什么事,一天天因循,未打电话。过了些时日,偶然走过图书馆,却见两排绿树,花朵已全落尽了。一路很是怅然,似乎不只失信于朋友,也失信于木槿花。又因木槿花每一朵本是朝开夕谢的,不免伤时光之不再,联想到自己的疾病,不知还剩有几多日子。

回到家里,站在院中三棵松树之间,那点脆弱的感怀忽然消失了。我感到镇定平静。三松中的两棵高大稳重,一株直指天空,另一株过房顶后作九十度折角,形貌别致,都似很有魄力，可以倚靠。第三棵不高，枝条平伸作伞状，使人感到亲切。它们似乎说，好了，不要小资情调了，有我们呢。

他们当然是不同的。他们不落叶，无论冬夏，常给人绿色的遮蔽。那绿色十分古拙，不像有些绿色的鲜亮活跳。他们也是有花的，但不显著，最后结成松塔掉下来，带给人的是成熟的喜悦，而不是凋谢的惆怅。他们永远散发着清净的气息，使得人也清爽。据说像负离子发生器一样，有着实实在在的医疗作用。

更何况三松和我的父亲是永远分不开的。我的父亲晚年将这住宅命名为三松堂。"庭中有三松，抚而盘桓，较渊明犹多其二焉"（《三松堂自序》之自序）。寄意深远，可以揣摩。我站在三松之下感到安心，大概因为同时也感到父亲的思想、父亲的影响和那三松的华盖一样，仍在荫蔽着我。

父母在堂时，每逢节日，家里总是很热闹。七十年代末，放鞭炮之风还未盛，我家得风气之先，不只放鞭炮，还要放花，一道道彩光腾空而起，煞是好看。这时大家又笑又叫。少年人持着竹竿，孩子们躲在大人身后探出个小脑袋。放花放炮的乐趣就在此了。放了几年，家里人愈来愈少了。剩下的人还坚持这一节目。有一次一个闪光雷放上去，其中一些纸燃烧着落到松树顶上，一枝松针马上烧起来，幸亏比较靠边，往上泼水还能泼到，及时扑灭了。浇水的人和树一样，也成了落汤鸡。以后因子侄辈纠缠，也还放了两年。再以后，没有高堂可娱，青年人又都各奔前程，几乎走光，三松堂前便再没有节日的喧闹。

这一切变迁，三松和院中的竹子、丁香、藤萝、月季和玉簪都曾亲见。其中松树无疑是祖字辈。阅历最多，感怀最深，却似乎无话说。只是常绿常香，默默地立在那里，让人觉得，累了时它总是可以靠一靠的。

这三棵松树似是家中的一员，是亲人，是长辈。燕园中还有许许多多松柏枞桧这类的树，便是我的好友了。

在第二体育馆之北，六座中西合璧的庭院之间，有一片用松墙围起来的园子，名为静园。这里原来是没有墙的，有的是草地、假山，又宽又长的藤萝架。"文革"中，这些花草因有不事生产的罪名，全被铲除，换上了有出息的果树，又怕人偷果子，乃围以松墙。我对这一措施素不以为然，静园也很少去。

这两年，每天清晨坚持散步，据说这是我性命攸关的大事，未敢少懈。散步的路径，总寻找有松柏之处，静园外超过千步的松墙边便成为好地方。一到墙边，先觉清气扑人，一路走下去，觉得全身的血液都换过了。

临湖轩前有一处三角地,也围着松墙。其中一段路两边皆松,成为夹道。那松的气息,更是向每个毛孔渗来。一次雨后,走过夹道见树顶上一片云气蒸腾,树枝上挂满亮晶晶的水珠,蜘蛛网也成了彩色的璎珞,最主要的是那气息,清到浓重的地步,劈头盖脸将人包裹住了。这时便想,若不能健康地活下去,实在愧对造化的安排。

走出夹道不远,有一处小松林,有白皮松、油松等,空气自然是好的。我走过时,总见六七位老太太在一起做操,一面拍拍打打,一面大声谈家常。譬如昨天谁的媳妇做的什么饭,谁的孙子念的什么书。松树也不嫌聒噪,只管静静地进行负离子疗法。

中国文学中一直推崇松的品格,关于松的吟咏很多。松树的不畏岁寒,正可视为不阿时不媚俗的一种气节。这是"士"应有的精神境界,所以都愿意以松为友。白居易《庭松》诗云:"朝昏有风月,燥湿无尘泥。疏韵秋瑟瑟,凉荫夏萋萋。春深微雨夕,满叶珠蓑蓑。岁暮大雪天,压枝玉皑皑。四时各有趣,万木非其侪。……即此是益友,岂必须贤才。顾我犹俗士,冠带走尘埃。未称为松主,时时一愧怀。"最后两句用松之德要求自己勉励自己,要够格作松的主人。松不只给人安慰,给人健康,还在道德上引人向上,世之益友,又有几个能做到呢?

自然界中，能为友侣的当然不只松柏一类。虽木槿之短暂，也有它的作用与位置。人若能时时亲近大自然，会较容易记住自己的本色。嵇康有诗云："目送归鸿，手挥五弦。俯仰自得，游心太玄。"纵然手不能举足不能抬，纵然头上悬着疾病的利剑，我们也能在自己的位置上俯仰自得，不是么？

促织，促织！

秋来了。

最初的信息还在玉簪花。那一点洁白的颜色仿佛把厚重的暑热戳了一个洞，凉意透了过来。渐渐地，鼓鼓的小棒槌花苞绽开了，愈来愈多，满院中弥漫着淡淡的香气。人走进屋内有时会问一句，怎么会这样香，是熏香还是什么？我们也答说，熏香哪有这样气味，只是花香侵了进来罢了。花香晚间更觉分明，带着凉意。

一个夏天由着知了聒噪，吵得人恨不得大喝一声"别吵了！"也只能想想而已，谁和知了一般见识？随着玉簪的色与香，夜间忽然有了清亮无比的鸣声，那是蟋蟀！叫叫停停，显得夜间愈发的静，又是一年一度虫鸣音乐换演员的时候了。知了的呐喊渐渐衰微，终于沉默。蟋蟀叫声愈来愈多，愈来愈亮。清晨在松下小立，竹丛里，地锦间都有不止一支小乐队，后来中午也能听到了。最传神，最有秋之意韵的鸣声是在晚间，似比白天的鸣声高了八度，很是饱满。狄更斯在《炉边蟋蟀》这篇小说里形容蟋蟀的叫声"像一颗星星在屋外的黑暗中闪烁。歌声到最高昂时，音调里便会出现微弱的，难以描述的震颤"。小说中的男女主人公都喜欢这小东西，说炉边能有一只蟋蟀，是世界上最幸运的事。

我们的小歌者中最优秀的一位也是在厨房里。它在门边，炉边，碗柜边，水池边转着圈鸣叫，像要叫醒黑沉沉的夜，叫得真欢！叫到最高昂处似乎星光也要颤一颤。我们怕它饿了，几片白菜叶子扔在当地，它总是不屑一顾。

养蟋蟀有许多讲究，可以写几本书。我可无意此道，几十年前亲戚送的古雅的蛐蛐罐，早不知到哪里去了。我喜欢在自然环境中蟋蟀的歌声，那是一种天籁，是秋的号角，充满了秋天收获的喜悦。

家人闲话时，常常说到家中的两个淘气包——两只猫；说到一只小壁虎，它每天黄昏爬上纱窗捉蚊子，恪尽职守；说到在杂物棚里呼呼大睡的小刺猬，肚皮有节奏地一凸一凹，煞是好看。也说到蟋蟀，这小家伙，为整个秋天振翅长鸣，不惜用尽丹田之气。它的歌声使人燥热的梦凉爽了，使人凄清的梦温暖了。我们还讨论了它的各种名的桥平坦如路，有的就高出驼背来了。

第三座桥是临湖轩下的小桥，桥身是平的，配有栏杆。栏杆在"文革"中打坏了半边，很长一段时间，我在心里称它为"断桥"。现在已修好了。桥的一边是未名湖，一边是一个小湖，真正的没有名字，总觉得它像是未名湖的女儿，就称它为女儿湖吧。夏初，桥边一株大树上垂下了一串串紫藤萝，遗憾的是，没有小仙子从藤萝花中探出头来。秋初，女儿湖上有许多浮萍，开极鲜艳的黄花，映着碧沉沉的水，真如一幅油画。

未名湖还有两座简朴的桥。一座通湖心岛，是平而宽的石板桥，没有栏杆。这样湖面便显得开阔，不给人隔开的感觉。有时想，如果这里造的也是那种典型桥，大概在感觉中湖面会小许多。可惜无法试验这想法是否正确。另一座从钟亭下面通往沿湖各楼的小桥，不过几块青石堆成。桥下小溪一道，与未名湖相通，桥边绿树成荫，幽径蜿蜒。可以权且想象这路不知通往何方。其实走过几步便是学校的行政中心办公楼了。

想着燕园的桥，免不了想到燕园的水。燕园中有大小湖泊，长短沟溪，正流着的水会忽然消失，隐入地下，过一段路又显现出来。从未名湖过去，以为没有水了，却又见西门内的水活泼泼地，向南形成一片荷塘。从旧西门进字。蟋蟀，俗名蛐蛐，一名蛩，一名促织。

促织这两个字很美，据说是模仿虫鸣声，声音似不大像，却给人许多联想。促织，可以想到催促纺织，催促劳动，提醒人一年过去了大半，劳动成果已在手边，还得再接再厉。

《聊斋志异》中有《促织》一篇，写官府逼人上交蟋蟀，九岁孩童为了父母身家性命，魂投蟋蟀之身。以人的智慧对付虫，当然所向披靡。这篇故事不止写出以皇帝为首的统治者的暴虐荒唐，更写出了人的精神力量，生不可为之事，死以魂魄为之！这是一种执着，奋斗，无畏无惧，山河为动，金石为开的力量。

近来，我非常不合潮流地厌恶"潇洒"这两个字。这两个字已被用得极不潇洒了，几乎成了不负责任的代名词。潇洒得有坚实的根底，是有源有本，是自然而然的一种人格体现，不是凭空追求能得到的。晋人风流的底是真情，晚明小品空灵闲适的底是妙赏。没有底，只是哼哼唧唧自哀自怜，或刻意作潇洒状，徒然令人生厌。

听得一位教师说，她班上有一个学生既聪明，又勤奋，决不浪费时间。她向别的同学推广，有些人竟嗤之以鼻，说"太牲了！"经过解释，才知道牲者畜牲也，意思是太不像人了。

-199

究竟怎样才像人?才是人?才能做与"天地参"的人?只是潇洒么?只是好玩么?

听听那小蟋蟀!它还在奋力认真地唱出自己的歌!

促织,促——织——

在燕园

找回你自己

人本该照自己本来面目过活,而怎样获得这本来面目,确是个大难题。

找回你自己!认真地、自由地做一个人。

扔掉名字

宗璞,原名冯锺璞,这是我简历的开场白。原名冯锺璞,就应该行不更名,坐不改姓。怎么又编出一个宗璞来?原因只有一条:我不喜欢"锺"的简体字,它和锺表的"鐘"(这个字总让我想起双铃马蹄表)的简体字变成了一个字。"锺天地之灵秀"和"做一天和尚撞一天鐘",成了一回事,令人不悦。我曾很反对简体字,比如"潇湘"这两个字,看上去、听起来和引起的联想,都很美。一度曾把它们简化为"肖相",一切意境都没有了。想想看"潇湘馆"成了"肖相馆"岂不大煞风景。好在后来那一批简化字没有通行。当然有些过于繁杂的字,简化了确也方便,不过一切都需要规范。

再说"锺"字。"锺"字是我们家族的排行,到我这一辈人的名字都有个"锺",锺字辈的堂兄弟姊妹共有三十六人。既然它已变成和尚撞的钟，我无论如何也要换一换。那时写文章要个名字，就想了一个和"锺"字读音相近的"宗"作笔名。稀里糊涂地写在笔下，戴在头上几十年。但是我有职业，有单位，有身份证，那上面的本名是生长在那里的。若真是文名大到如雷贯耳，妇孺皆知，原名或可留待专家考证，考证出几个名字来也是不足奇的，一个字多种多样也可以奉为经典。幸而我这辈子也到不了那步田地。在正式场合，笔名是无效的，需要用本名。我则总写繁体字的"锺"。以示郑重。后来又因常有人误认为我姓宗，便又在宗璞前加了我的本姓。不料名字问题给我带来很多麻烦。首先是"锺"和"宗"，冯锺璞和宗璞、冯宗璞，是不是一个人，常常受到质疑，于是设法在户口本上写上曾用名等等。锺、宗的问题，可谓自找，谁叫你编造新名字。以后的问题，就属于简化字的规范问题了。

　　锺字和宗字的纠缠，差不多平息了，可是锺字本身麻烦更大。面对事实我只好承认自己的弱小，渐渐承认简化，使用"钟"字，但是问题仍不能解决。我们只承认"钟"，不承认"锺"。海外只有"锺"，没有这个简化了的"钟"。有一位名字中也有"锺"字的难友诉苦说，在往邮局、银行办事时，遇到各种关卡，无非是绕许多圈子，来证明这两个字是一个字。我们谈起来大有同病相怜之感。一次台湾某书局编书时收了我的文章，寄来三十元稿费，可是为了这个锺字，缠夹不清，只好弃而不顾。好在只有三十元，再多一点时，就没有那么慷慨，名字出了问题，就要弄清。派出所说，这两个字不是一个字，不能证明你是同一个人。好容易弄清这两个字是同一个字时，又因是同一个字，不能同时写在户口本上，也就不能证明冯锺璞和冯钟璞是一个人。因为在一个地方住得久了，大家采取以人为本的态度，一般都可通融。形势好转时，偏偏又出现一个偏旁简化的"锺"。字典上没有这个字，只统一说明，这个偏旁就是金的简化，那么"锺"就应该等于"锺"。这看来很清楚，但办事人员以高度认真负责的精神，不肯承认这是一个了。若是电脑中也没有这个字也就罢了，可是电脑中又偏偏打出了这个了，要和锺、钟分庭抗礼，真是教人怎能不头晕。

几经周折，几个字仍未得到统一，我这个人也好像分成好几个了。哭笑不得之余，我想给自己改一个名字，叫作冯一一（挺可爱的，不是么？），这好像没有什么出错的机会了。可是不行，有人一见便说这不是破折号吗，建议干脆叫作冯一好了。又马上得知，改名字的手续极为烦琐，要两个邻居证明，单位证明，街道证明，派出所证明等等。这信息可能是胡诌，很不可靠。但不管怎样，名字肯定是改不了的。

　　我想最好的办法就是把名字里那无理取闹的"钟"，连同它的上家和下家，远远地扔进那春秋不变、水旱不知的大海，作一个"无名"之辈。自己则御风而行，飘然会同了北海若，转往藐姑射之山，大谈一通相对主义。

漫谈《红楼梦》

时间：2010年4月17日下午
地点：北大燕南园

宗璞（以下简称"璞"）：《红楼梦》是个永远的话题，你屡次建议谈谈，确实有话可说。我们谈"红楼"，就是要畅所欲言，你谈你的观点，我谈我的观点，这样才能互相启发。要有这种风气。法国启蒙思想家们有这样的名言："我不赞同你所说的，但是我至死捍卫你把话说出来的权利。"我们离这种精神还很远，要努力。

侯宇燕（以下简称"燕"）：好的。首先感谢您于百忙中拨冗与我交谈。您自七八岁起就读《石头记》了。俞平伯先生也说过："余之耄学即蒙学也。"他从小就读《红楼梦》，终了放不下的还是《红楼梦》。

璞：喜欢《红楼梦》的，一辈子都喜欢。

燕：在昆明，您和兄弟上学路上也谈"红楼"？

璞：对回目，他说上面，我说下面。《水浒》我们也是比较熟的。我读的《红楼梦》，与现在的人民文学出版社1982年版不同，但忘记是什么本子了。人文版第三回"林黛玉抛父进京都"，我读的本子，"抛父"应作"别父"。"别父"是她不得不离开，"抛父"好像是她主动的，很无情。第八回"比通灵金莺微露意，探宝钗黛玉半含酸"，我读的本子是"贾宝玉奇缘识金锁，薛宝钗巧合认通灵"，正式推出了金玉相会，我觉得这样比较好。第二十七回"滴翠亭杨妃戏彩蝶，埋香冢飞燕泣残红"，"杨妃""飞燕"的说法不好，"宝钗借扇机带双敲"一回中描写，"宝玉"把"杨妃"的比喻告诉"宝钗"，"宝钗"大怒。现在作者在回目里这样写，岂不要把宝姐姐气煞。而且玉环、飞燕虽都是美人，却有不洁的传说。用来比喻闺阁女儿，太唐突了。我读的本子是"宝钗扑彩蝶""黛玉泣残红"。第五十六回的"实宝钗小惠全大体"，我读的本子是"贤宝钗"。第四十二回的"潇湘子雅谑补余香"，大概是错字，应是"补余音"。第三十九回刘姥姥讲的抽柴女孩"茗玉"，是"若玉"。第七十八回宝钗解释她出园去的原因，其中姨娘、姨妈混杂。似乎应该整理。

燕：人文版是以庚辰本为底本的，我读的版本就是人民文学出版社2005年印刷的。从版本对比的角度，您指出的这些不同很值得探索。

宗璞老师，您对秦可卿这个人物怎么看呢？无论如何她的地位不寻常。

璞：我认为秦可卿的出身是个谜。在书里是很重要的人物，简直是仕女班头。可是她的出身是从养生堂抱的。

燕：秦业同时抱的还有一个男孩，这个男孩后来死了。为什么要安排这样一个闲笔呢？

璞：秦钟呢，又是她的弟弟。

燕：是秦业五十岁上亲生的。这一连串的关系挺怪的。是否当初抱了一男一女，只为掩护可卿真实身份。因为过去都是抱男孩的多，总不能只抱一个女孩回家嘛。而且秦可卿、秦钟姐弟两个的名字都有个"情"。论谐音一个是"情可轻"，一个是"情种"——"开辟鸿蒙，谁为情种？"警幻仙姑向宝玉演示的《红楼梦》曲子词一开头就是这句。

璞：这都放到秦家去了。起先读的时候，我就对秦可卿的出身、地位感到扑朔迷离。要是照刘心武的考证，她是废太子的女儿。这样说可以增加阅读的兴趣,好像也增加了了解,使得人物更丰富了。是否真实不必考。

燕:周汝昌先生认为秦可卿的原型或许是废太子胤礽随康熙南巡时与当地民女的私生女儿。曹家指示"秦业"出面收养,在她长大后娶为家媳。如果从周先生这个立场出发,那么我认为"秦可卿"在"秦业"家的生活时间就是有限的,清贫的秦家不可能给她那么好的教育和生活条件。可能她自童年起的大部分时光都是在曹家度过的。

可卿死后,只字未提秦业的悲伤。秦钟呢,在送葬回来的路上就找机会与小尼姑鬼混去了。有评价说雪芹惯用的写法是"隔纱照影"。书里没有明讲,但从字里行间就可见秦家与可卿的感情是淡的。而且不但是淡的,字里行间还有"早了早好",卸担子般的如释重负。你的葬礼再隆重,与我们秦家也无干系。你风光地去了,我们也尽了礼。从此在心理上就迅速摆脱隔离了。

还有,刘心武先生不是举出一个古本中,在周瑞家的给女眷们送宫花那回有回后诗,最后一句就是"家住江南本姓秦",意指秦可卿么?

璞:这也很可能!有这么一说也能增加阅读的兴趣。

燕：在周瑞家的送宫花那一回，人们还说香菱很有东府"小蓉大奶奶的品格儿"。香菱也是从江南来的，会不会她和秦可卿两个还有什么深藏的血缘关系？

璞：哎，是有这样的描写。所以香菱的命应该是薄而又薄，才有代表性。香菱也是个很重要的人物，第一个出现的女儿。她的原名"甄应怜"，意思是"真应该可怜"。

燕：把所有的女儿都包括了。

璞：整个都包括在里头了。

燕：和尚说她"有命无运，累及父母"，振聋发聩。

璞：她是甄士隐的女儿。

燕：对。您认为甄士隐和江南甄家有关系吗？

璞：他无非是为了用这个"甄"字。真事隐去，假语村言。那个甄宝玉又正好要对着贾宝玉，也要用这个"甄"字。

燕：冯友兰先生又怎么看《红楼梦》？

璞：啊，他是很喜欢的。他认为《红楼梦》的语言好，三等仆妇说出话来都是耐人寻味的，可以听的。

燕：但有些人说话又特别的贫，如王熙凤。王熙凤还不识字。

璞：这个，我觉得是一个缺陷。王熙凤自幼假充男儿教养，怎么能不识字呢？

燕：是不是由此反映了王家空白的文化传统？

璞：王家做到九省检点呢。

燕：他们是商人出身，也许很不重视家庭文化教育。

璞：王家人也不怎么样，比如王仁。不过他们官做得很高了。

燕：王夫人也没什么文化气质。

璞：是不是因为她们是女性？

燕：但像王熙凤这样连字也不识……是不是王熙凤的原型就是这样子呢？

璞：还有一个地方也是不合适的。薛宝钗进京来是为选秀女，可她小的时候就有一个金锁，要"有玉的才嫁"，那应该从小就知道贾宝玉有玉的事。为什么还来选秀女，还住在贾家？有点矛盾。

燕：会不会薛家想着万一能选上秀女，前途就更光明了？要走元妃那条路。

璞：对，想走这条路，就不把金玉良缘放在心上了，等到走不通又回来了。哈哈。

燕：现在许多人对薛宝钗的印象好过林黛玉。如张宗子《彼岸的薛宝钗》，给我印象很深。

璞：我在哪里看见一句话，说是"我们虽然喜欢林黛玉，可是给儿子选媳妇还是选择薛宝钗"。

燕：从实用主义层面是这样。

璞：可是《红楼梦》的好就在这里。一个是在世俗社会里头很圆满，一个是离经叛道，整个人都不合流。林黛玉就代表了一种精神。人们喜欢黛玉是有原因的，在黛玉身上表现了觉醒的人格意识。某回宝黛口角之后，黛玉说我为的是我的心，宝玉说我也为的是我的心。这在中国小说史上是头一次有这样的对话，他们有自己的心。所以这两个人物光辉万丈，他们的爱情又是在知己的基础上形成的，更是感人。还有，为什么不少人喜欢探春？

燕：比起黛玉，探春更容易博得大众的喜爱。

璞：她就有独立的精神，这在女子中是比较少的。

燕：她说她要是男子，早就出去做一番事业了。在这点上她与祖母真是一个稿子。贾母如是男儿，也早出去立业了。

璞：探春有政治家风度。林语堂在《凭心论高鹗》一文中戏言，程伟元应悬赏征求两篇文字，一是小红在狱神庙，一是卫若兰射圃，每篇一千美金。我建议还应再加一题：探春远嫁，多花一千美金。因为那是很值得写的。

燕：您对冯紫英的印象不太好？

璞：哈，我觉得他像跑江湖的。

燕：您是不是受后四十回影响？在高鹗笔下，冯成了掮客。前八十回倒不是这样子。不过冯紫英给人的印象总不似卫若兰、梅公子，是仙品少年。顺便说一句，网上有人评价您的小说《野葫芦引》里的庄无因就是仙品少年！

璞：卫若兰在前八十回没有现身。丢失的"卫若兰射圃"一定很好看，现在的描写只有喝酒看花，很少室外活动。想起《战争与和平》中描写的年轻人坐着雪橇到朋友家去，很畅快。"射圃"若不丢，就好了。

燕：可能他们在武事上已经退化了。

璞：但男孩子骑马、射箭还是要练的，不是贾兰还拿着小弓射鹿？也有可能是正因为退化，所以描写少了。

燕：端木蕻良先生写过小说《曹雪芹》。他还有一本红学研究《说不完的红楼梦》。他有个重要观点：曹雪芹是"师楚"的，是从楚文化浪漫主义一脉下来的。我也想，第十七至十八回贾宝玉陪父亲游览大观园时，特地说了许多《楚辞》里的名花异草，一定就有向屈子致敬之意。而在您创作于20世纪70年代末的中篇小说《三生石》里，男女主人公被一块石头连在了一起。其实这也是"师楚",是浪漫主义大境界。

璞:无限意蕴在石头。《红楼梦》另外有个名字《石头记》,这个名字好。它点出了主人公的本来面目,包括降生在"花柳繁华地温柔富贵乡"以前的履历,"此系身前身后事",而且这部书本身就是记在石头上的。也许有人要考证高十二丈、二十四丈见方的大石头,能记下多少文字。那就请便吧。从石头主人公,引出了一株草,引出了"木石前盟"的故事,使得宝黛的爱情更深挚、更刻骨铭心。因为它是从前生带来的,是今生装不下的。若套"反面乌托邦"(王蒙语)的说法,它是"反面宿命"的。深情与生俱来,却没有带月下老人的红线。石头有玉的一面,家族与社会都承认这一面。玉是要金来配的,与草木无缘。木和石乃情之结,石和玉表现了自我的矛盾和挣扎,玉和金又是理之必然,纠缠错结,形成红楼大悲剧。曾见一些评论,斥木石金玉等奇说为败笔,谓破坏了现实主义,实在不能同意。

燕:真是诗意的。这是中国文学传统一类非常美丽的特色。外国文学里的浪漫主义在空灵境界上似乎还差了一个层次。

璞：中西浪漫主义比较，是个大题目。《红楼梦》里面讲木石姻缘，就是前生定的。书里写得非常明白，一个木石前缘，一个金玉良缘。世俗一方是要金玉了，可是宝黛的感情是前生带来的。这两条线非常地清楚。林黛玉一出场是多么隆重，完全表现了"木石前缘"的地位。高鹗在后面把这两条线抓得很紧，绝对没给他弄乱。紧扣住这一根本设计从不偏离，是续书的最大成功处。

燕：不过，我对宝湘结合说也能接受，觉得它能自圆其说。也许最后宝玉与湘云就是患难结合，那时已没有那么多的浪漫了，他们在艰苦中互相扶持走完最后一程。

璞："宝湘说"有点画蛇添足的味道了。本来宝玉对黛玉的爱情是非常真挚浓烈的："你死了，我做和尚。"后来果然是做和尚了。

燕：为什么黛玉说她记着宝玉"做了两回和尚了"呢？

璞：对……那无非是为了强调宝玉总把做和尚放在嘴边。要再加个史湘云，就成了"四角"，把宝玉的感情分去了。八七版电视剧表现史湘云后来做了歌女，我认为不必嘛。她那个判词非常清楚，"云散高唐，水涸湘江"，"湘江水逝楚云飞"，她就死了嘛。怎么还会加这么一段？

水逝云飞人何在?所以她不见得能活过宝钗。本来史湘云是很可爱的女子,但是没有必要把她拔高,这没有道理。我是没有时间,身体也不行,想说的话不能系统深入。而且在"诉肺腑心迷活宝玉"那一回,袭人不是对湘云说"听说姑娘大喜了"?

燕:对。这当指湘云许配卫若兰一事。

璞:其上回就是"因麒麟伏白首双星"。这很明白了,金麒麟与卫若兰有关,而非宝玉。

而且,就算在现实生活里确实有史湘云的原型,她和曹雪芹后来结为夫妇,也不必照样写到小说里。小说就是小说,可以有自己的布局,不是曹雪芹传。读小说还是要读小说本身。研究小说是另外一回事,叫作做学问。

燕:您自己在《三生石》前面也写过这样的话:"小说只不过是小说。"

璞:而且贾宝玉最后离开家的时候是辞别母亲,仰天大笑而去的。他走后王夫人和宝钗都"不觉流下泪来",这都写得够好的了。

燕:这段非常动人。"仰天大笑出门去,我辈岂是蓬蒿人。"——高鹗的八股训练使之精于用典。要是按李白诗意,宝玉是先要向世俗证明自己不是"蓬蒿人",要先给父母的养育之恩一个安慰、一个交代。所以他参加了科举考试，是中完举人，再脱离红尘而去的。

璞：用李白的诗来解释宝玉仰天大笑出门去，不大合适。宝玉本不是蓬蒿人，他去考试中举是为了安慰父母，以报亲恩，不是为了自己中功名，而出门别家的行为也和功名无关，而是永别了的意思。他要去出家是他履行誓言，以酬知己。

后面他辞别父亲又是那样一个动人景象。多有人批评宝玉出家前拜别父母是败笔，我却以为这是最近人情处。这就行了，这人就走了，我们不再看见他了。他不会再从天上掉下来"二进宫"的。还有再就是"宝钗早死"说。这说法不对，她应该死在宝玉后面才对。也许宝玉后来在外面死了，反正宝钗的命运一定是守寡才对。就是宝玉不在了。

燕：中国人认为出家还是不坏的结局。

璞：对，是进入了另外一个世界。你看，有三段描写支持我的看法。

一是第二十二回"制灯谜贾政悲谶语"中，宝钗作的诗谜最后一句是"恩爱夫妻不到终"。她的谜底是竹夫人，想来是竹枕一类，冬天就用不着了，不得长久。这是我从前看的《红楼梦》，不知是什么本子，我记得很清楚。现在人民文学出版社1982年出版的本子，这个诗谜没有了。照这个本子宝钗的诗谜是"更香"，照注解说也是要守寡的意思，不如"恩爱夫妻不到终"直接。我看的那个本子"更香"这个诗谜是黛玉作的。

二是"琉璃世界白雪红梅"那一回目，大家穿的外套都很好看，都是大红猩猩毡的，映着白雪一定很好看。唯有两人穿的不是红衣：一个李纨，一个宝钗。李纨穿的藏青色，宝钗穿的莲青色。李纨已经守寡了，这暗示宝钗将来也会守寡。这个，我印象很深。

燕：您看得真细，宝钗的确一直穿着朴素。

璞：对。还有第三点，就是她住的屋子，雪洞似的。贾母就给她收拾，拿点古玩摆一摆，还说年轻人不该这样。都说明她将来要守寡的。我觉得这很明确，高鹗续的也是对的。因为宝钗将要守寡，宝玉是不可能娶史湘云的。

燕：可能高鹗在创作里融入了部分雪芹残稿，那些也是后四十回最华彩的乐章。在第五十二回有一段，贾母赏给宝玉雀金裘那天，"阴阴的要下雪的样子"，麝月就特意跟宝玉说，你穿那身大红猩猩毡去见老太太。到高鹗续的最后一回，贾政在岸上微微的雪影里看到身穿大红猩猩毡光着头的宝玉向自己下拜,神情似喜若悲。这前后是有呼应的。不但都是阴寒欲雪的天,而且还都是穿着大红猩猩毡的宝玉在长辈面前下拜。

不过张爱玲在《红楼梦魇》里认为,宝玉在当和尚后还穿大红猩猩毡是太阔气了。

璞:不能太现实了,本来是在雪地里头……

燕:红白相间很凄美。

璞:然后一僧一道夹着宝玉飘然而去,是很空灵的。

燕:不过,在上次传给您的高鹗的续里,宝钗递给王熙凤烟袋的描写,是一定出于高鹗自身生活阅历的。

璞:《红楼梦》中人抽烟,在你说这事以前,我真的不知道。是不是我看的那个本子没有这个细节。《儿女英雄传》中安太太和张金凤都是抽水烟的,很符合她们的生活。若是宝钗、凤姐都咕噜咕噜抽起水烟来,想想未免可笑。前八十回并无关于烟的描写,便是男士也没有抽烟的。这是高鹗的败笔。

燕:另外,在后四十回,刘姥姥一说起来就是"我们屯里"。"屯子"也是东北话。小时候我读过描写抗联的儿童文学《小矿工》,那时就知道了这个词,所以一下看出来了。在前八十回,刘姥姥说的可都是"我们村里"。

一字之差。

璞：后面四十回确实不是曹雪芹作的，但认为一些很好的描写是残稿也可以。不过后四十回的主线是正确的。幸亏有了这后四十回，不然你想想光有前八十回会是什么样子？

燕：以前还有过很多续书，都是千奇百怪的。

璞：那些续书是绝对上不了台盘的，幸亏有了高鹗续。纵然才情差一点，但还是功大于过。这个文本，它整体是好的。这么伟大的一部作品，是高鹗给成全了。现在有些红学家研究十分细致，设想也到位。但总的来说，谁也代替不了高鹗。

燕：紫鹃是个很完美的人物。

璞：她也是表现一种精神。护花主人评她"在臣为羁旅，在子为螟蛉"，她对黛玉那么忠诚，写她也正是写黛玉。黛玉有这么好的丫头正说明黛玉的为人。正如金圣叹说的"写林冲娘子所以写林冲"。但我不大喜欢晴雯，她对坠儿那么凶。晴雯是黛玉的影子，可黛玉是个小姐，所受的教育是不一样的。她使小性儿，但不能泼辣。《红楼梦》高就高在这儿，非常活。

燕：但黛玉、晴雯在总体上是一致的，作者升华了她们的共同点。

璞：还有一个谜团人物是薛宝琴。非常完美，很重要。

燕：十全少女……

璞：对于这个人物我有一些看法，她不只完美而且还很显眼，宁国府除夕祭宗祠就是从她眼中写出来的。她初到荣府就被贾母看中，想要她做孙媳妇。可是她不属于"红楼十二钗"，也看不出她的性格。

西方文学批评有一种说法，说文学中有两种人物：一种是圆柱人物（round character），他们是复杂的、多面的、立体的；另一种是扁平人物（flat character），他们是平面的、单一的。《红楼梦》绝大部分人都是前者，而我觉得薛宝琴近似后者，近似一个扁平人物。有人就《红楼梦》中的场景写了诗，如：黛玉葬花、宝钗扑蝶、香菱学诗、龄官画蔷、湘云眠石，这些场景都是活生生的活动。湘云眠石本来是一个静的画面，可是她是醉后才在石头上睡着了，嘴里还嘟嘟哝哝说什么，身上盖满了花瓣，这就显出她豪爽豁达的性格。

睡着的人是活的。只有宝琴立雪不同，她好像定格在那儿，只是一幅画，看不出性格。黛玉葬花不能换成另外一个人去做这件事，因为这是由于她的性格来的。湘云眠石也一样。可是宝琴立雪就不同了，换一个人也可以有这个场景。寿怡红群芳开夜宴，宝琴也去了，可是没有写明她抽到什么签，别的重要人物可以用花的个性表现人的个性，宝琴的个性不鲜明，也就不好给她派什么花。但若说对宝琴的描写是败笔，也不对，她是很美的，只是像个瓷娃娃。

燕：影子样的人物。是不是作者想借她来表现什么？而且她和林黛玉的关系非常好，林黛玉把她当妹妹来看。

璞：写宝琴深重黛玉，两人很亲近。是从侧面写宝琴，这是比较省事的写法，让人知道她大体上的倾向。有一个数学家，他写了不完整的后四十回，写到薛宝琴后来起义了。

燕：啊，那和林四娘一样了。

璞：她起义了，最后还嫁给了柳湘莲。

燕：在她自己作的诗里，有"不在梅边在柳边"。所以刘心武也提出过这说法。宝琴与梅翰林公子无缘，最终与柳湘莲结为夫妻。过去还有一种续书，说是林黛玉起义了。因为第七十八回贾宝玉作挽词挽的那个青州起义的林四娘也姓林嘛。不过我有种直觉，若非琴、黛之原型本为一人，就是琴在生活里原就为黛之幼妹。"不在梅边在柳边"是《牡丹亭》的唱词。在第十七至十八回"大观园试才题对额，荣国府归省庆元宵"里，元妃省亲，点了四出戏，"所点之戏剧伏四事，乃通部书之大过节、大关键"。第四出即《离魂》，脂批："《牡丹亭》中，伏黛玉死。"林黛玉、薛宝琴，她们之间似乎是存在某种深隐关联的，可又很难说得清楚。

璞：有一天，我看见郁金香的花瓣落满了桌面，觉得很感动，立时想起玉兰花落。中国诗词关于落花的描写很多，很美。"林花谢了春红，太匆匆，难奈朝来寒雨晚来风。"但林黛玉的"葬花"真是原创啊，从来没有人写过的。

燕：花魂鸟魂总难留。

璞：是不是有这么个情况，后四十回没有什么诗词，高鹗写不出来了。

燕：高鹗还中过举呢。但他专心研究的可能多是八股，缺乏诗词上的灵气。后四十回里贾母对贾政说"你小时候比宝玉还不务正业"，可见宝玉自有他父亲的基因。在前八十回的最后部分，贾政心灰意冷之际回忆自己起初的天性也是个诗酒放诞之人。看来，高鹗是捕捉到了前八十回这处细节的。

璞：第一百一十六回"得通灵幻境悟仙缘"中的描写也稍感凌乱。宝玉从此知道了众姊妹的寿夭穷通，渐渐醒悟。使我联想到有特异功能的不幸者，每日里见人的五脏六腑，未免煞风景。

（二人笑，结束谈话。）

《幽梦影》情结

近见报章杂志上常出现这样那样的"情结"字样,所谓"情结",大约来自"俄狄浦斯情意综"一词,指在潜意识中无法化解的几乎是宿命的一种情感。《幽梦影》这本书对于我可算得是一种"情结"。

抗战时期,为躲避轰炸,我家在昆明东郊龙头村,一住三载。当时最近的邻居有:一仓库的看守,其人极胖大,称为余先生;一对犹太夫妇,称为米先生、米太太;还有北京大学文科研究所。

有一段时期,我和弟弟没有上学,获准到文科研究所去立读,随便翻阅各种书。我们常常在书架中流连徜徉,直到黄昏。我患近视便从那时始。翻阅的书不少,它们也算得我的邻居。对十来岁的孩童来说,那些书是太深奥了。给我留下深刻印象的一本书,是清初张潮所著《幽梦影》。

这是一本讲生活艺术的书，颇像有些书上的眉批，三五句十数句，对生活这本大书作出评点。书中一部分讲人生哲理，讲入世应如何，出世应如何；一部分讲对大自然的欣赏态度，讲如何赏花，如何玩月。轻松的言及居室布置，严肃的讲到音韵学。其序跋有云："一行一句，非名言即韵语，皆从胸次体验而出，故能发人警省。片玉碎金，俱可宝贵""三才之理，万物之情，古今人事之变，皆在是矣。"也许这些说法评价太高，但读过后，使人自觉减少了俗气，增添了韵致，便是作用了。

我愿意首先提到如何做人的一则。"立品须发乎宋人之道学，涉世须参以晋代之风流。"宋人道学以诚敬为本，若无这主心骨，不拘小节的风流便是恃才傲物，或竟是轻薄，令人生厌。近年来流行得大红大紫的"潇洒"二字，因为没有主心骨，有时已成为不负责任的代名词。张潮将立品与涉世并提，先有立品，才能涉世。只有心存诚敬，才能潇洒风流，自是高见。

又一则云："少年人须有老年之识见，老年人须有少年之襟怀。"见梁启超《少年中国》一文喻老年为字典，少年为戏文。或可发挥云，少年是演戏的阶段，老年是看戏的阶段。少年应以字典为规范，便有老年之识见。老年应记得自己也是轰轰烈烈演过戏文的，看戏时便有少年之襟怀。若能做到点滴，代沟或可变浅，只是很不容易。

另一则云："情必近于痴而始真，才必兼乎趣而始化。"情到极处自然成痴。现在情近于痴的人恐已如朱鹮、白象一样稀罕。"才兼乎趣"的"趣"字很难界说。是否可以说一方面要对生活有兴趣，生机勃勃如源头活水；另一方面则要有幽默感。17世纪我们还没有"幽默"这个词，但当然有这种感。有些禅语机锋便是一种幽默。有了"趣"，"才"才是活的。

又言："律己宜带秋气，处世宜带春气。"此乃律己严责人宽之古训以形象出之也。

又一则提出了值得钻研的美学问题。"貌有丑而可爱者，有虽不丑而不足观者。文有不通而可爱者，有虽通而极可厌者。此未易与浅人道也。"张潮若生在现代，大可就此写一本书。丑而可观必有其特殊的力量，必定更曲折更深刻。不丑而不足观必平庸无奇。一篇文章句句合语法，并不算好文章。鲁迅文章有几篇峭峻难读，但使人如嚼橄榄，回味无穷。

张潮是大自然的知己。他热爱大自然，了解大自然。他说："风流自赏，只容花鸟趋陪。真率谁知，合受烟霞供养。"独自和大自然相处，是他最得意的境界。他能看出每一景物最特殊的地方。他说："天下万物皆可画，惟云不能画。"这实在是把云的千变万化揣摩透了。又一则云："玩月之法,皎洁则宜仰视,朦胧则宜俯视。"曾在黄山,于晴夜观满月。见清光万里,觉得自己都化在月光之中。朦胧之月,则景物之朦胧更引人遐想。他又说,镜中之影是着色人物,是钩边画;月下之影是写意人物,是没骨画。传神地表达了月下的朦胧景色。

天时变化,草木虫禽在他眼中都是有生命的。不只有生命,且有伦理。"南山之乔,北山之梓,其父子也;荆之闻分而枯,闻不分而活,其兄弟也。"他还自告奋勇做红娘,提出梅聘梨花,海棠嫁杏。物如有知,当感谢他的关心了。

这书中对妇女的态度我不以为然,那不是对人的态度,而是对物的态度。拟之以花,以供观赏,而不问她们自己的意愿。这是古时中国文人对妇女的普遍态度。张岱《西湖梦寻》中有文讲一扬州名妓,年极幼,少言语,居张家数日,只说得一句话:"回家去。"这实在是极沉痛的一句话,十数日间供人玩乐,她又有什么话可说,好在人的思想逐渐开明进步,我们也能看出古人的局限了,无论张岱、张潮,若生在今天,一定和我们持同样看法。

张潮是安徽歙县人。生于一六五〇年,卒年不详。其弟称黄山为吾家山,可能因此他对云这样了解。他曾任翰林孔目一类的官职,编纂过一部传奇小说选集《虞初新志》,较有影响。

继《幽梦影》之后,有道光年间朱锡绶著《幽梦续影》,近人郑逸梅又作《幽梦新影》,俱亦可读。

几十年来,我虽记不得《幽梦影》中的文字,其中的精神却拂之不去。五十年代自我改造,在思想检查中还批判了《幽梦影》的影响。怎样批判记不得了。近年来,褪下了改造的紧箍儿,又很想看这本书。好容易从北京大学图书馆借得一本,湖北人民出版社出版,将三影合在一起,经钱行校注,并有前人序跋及林语堂英译此书时的介绍。这本书已经很旧了,可见看的人不少,我很感安慰。再读时渐渐明白,于我心头拂之不去的,是中国文化对人生的智慧的态度和与万物相知相亲的审美心理。我曾言自己多病,病最深者为"烟霞痼疾,泉石膏肓"。这已入膏肓的痼疾,便是中国文化赋予我的情结。

张潮文中有几则我读后不觉技痒,这里也接着说两句。

张潮曰:"《水浒传》是一部怒书,《西游记》是一部悟书,《金瓶梅》是一部哀书。"宗璞曰,《红楼梦》是一部痴书。

张潮曰:"……菊以渊明为知己,梅以和靖为知己……鹅以右军为知己,鼓以祢衡为知己,琵琶以明妃为知己……"宗璞曰,夜莺以济慈为知己,二月兰以燕园众人为知己。

住在燕园的人,都爱那如火如荼的二月兰。今年不知为何,二月兰很是稀落,想是去年开得太盛。本想再写一则曰,最恨花有小年。但又想,花的生活也需要有张有弛。应该佩服花的聪明,而不必恨。

祈祷和平

世上有些事如过眼云烟,在记忆中想留也留不住。有些事如高山大川定在生命之中,想绕也绕不开。该忘记的事很多,不能忘记的事很少,至于永远不能忘记的,则少之又少了。可是它是那样巨大,那样沉重,人遇上了,便是一辈子的事。

八年抗日战争的苦和恨是渗透在我们全民族的血液中的。我没有直接参加过战争,但战争的阴影覆盖了我的少年时代。我想一个人经历过战争和没有经历过,是很不一样的。在成长时期经历和已是成人的经历,也很不一样。

八年抗战,七年在昆明。其中四年几乎天天要对付空袭。轰炸,是我少年时代的音乐;跑警报,是我少年时代的运动。

人已渐老,过去的朋友、同学稍有暇相聚。几个中学同学叙旧时，回忆起那段日子。一个说，最初听见警报响，腿都软了，明知该跟着大人走，就是迈不开步，后来渐渐习惯。看来人什么都能习惯。一个说，当时我们的高射炮火力太弱了，敌机低飞投弹，连驾驶员都可以清楚看见，我看见敌人在笑！真的，刽子手在笑！一个说，因为飞得低，他们用机枪扫射地上的无辜百姓，瞄准了扫射，肆无忌惮地扫射，笑着扫射！

我们相望着，我们怎能忘记！我们永远不能忘记！

当时后方各大城市无不遭受惨毒的轰炸，比较说来，昆明受到的轰炸还不算太凶狠。我想这和当时敌人的力量有关。如果日本帝国主义有能力，它会把炸弹从早到晚倾泻在美丽的昆明坝。昆明在轰炸中遇难的人数我不清楚。记得一九三九年有一次激烈的空袭，只那一次便有百人之多。西南联大有数名学生遇难。他们辗转逃难，前来求学，却化作他乡之鬼。设于西仓坡的清华大学办事处后园曾中弹，一名老校工当场死去。那园中有几株腊梅树，我不知是否把他葬在腊梅树下。

那时轰炸目标不只是城市，连郊外田野也是目标。因为田野上有人，因为侵略者想杀人！南京大屠杀还不过瘾，对零星的人群也不放过。

我原籍河南唐河县。冯氏是大族，有许多认不得的本家。同曾祖的兄弟姐妹，男十六人，女十六人。我行九，人称九姐九妹九姑九姨。和我年龄相仿的八姐、十妹，便在一次轰炸中丧生。当时十二弟和她们在一起，正走过田野，要到树林中去躲藏，他摔了一跤，慢了几步。敌机忽然到了头顶，追逐着人群，用机枪扫射！他亲眼见她们和别的乡民们一起倒下来，倒在血泊中，离他不过五十米，亲眼见族人们把她们抬到小河岸上，亲眼见她们的父亲（弄不清是几伯几叔）守着她们，直到天黑。

我从来没有见过她们，她们当时大概也只有十来岁。知道这一消息时，我忽然觉得前后都空落落的。我这个"九"还在人间，"八"和"十"都被杀死了，杀死在自己家门外的土地上！

我们怎能忘记！我们永远不能忘记！除了轰炸，八年中最大的威胁是疾病。那时患病当然不是"丫鬟扶着到阶下看秋海棠"的情景。疾病给人的折磨是残酷的，患病的日子是难熬的。生病而缺医少药，营养差，休息不够，便敌不过病魔，退却了，再要翻身，又需要更多的时日。俗话说"贫病交加"，其状极惨。我们还不能说是到了这一步。我们不是孤立无援的。有父亲工作的学校，有同事，有朋友，有云南老百姓。我们还有一定要胜利的精神力量，为国家、为民族，也为了每一个自己，我们不能死！

我们活着，亲眼见到了抗日战争的胜利。

一九八一年我应邀访问澳大利亚，在墨尔本，正遇见二战老兵游行，纪念反法西斯战争的胜利，那一年并不是逢五逢十。他们和儿子、孙子一起，有的骑马，有的步行，精神抖擞。我又看见许多地方都立有纪念碑，写着"不要忘记"。回来后，我写一篇文章，题目是《不要忘记》。中国人已经忘记得太多了。

待到记忆之井全部干涸，是追悔无及的。我们有责任把我们的记忆留给后人。

每一年七八月间，我都有一个念头，举行一次烛光晚会，继之以游行，以悼念在抗日战争中英勇牺牲的抗日战士，悼念惨遭日本帝国主义杀戮和在苦难中丧生的我无辜同胞，以及全世界为和平献身的人们。

到时候我可能走不动了，便是坐轮椅，我也要去参加。

为了和平，为了未来。

写下以上的文字时，老实说，我心中充满了悲痛，仇恨占的地位不多。我愿意相信古代哲学家张载的话"仇必和而解"，人民之间永远是友好的。我曾经在飞机上看见云雾堆拥的富士山，心想那里一定是极美的地方，住在那里的，一定是善良的，和我们相了解的民族。在富士山下，有川端康成的小说，有东山魁夷的画……

六十年代初，日本女作家深尾须磨子来访，中国作家协会派我陪同。深尾二十七岁寡居，三十年过去了，她见到铁路员工的制服时，向我介绍，她的丈夫是在铁路做事的。她的深情令我感动。八十年代，近代史研究者后藤延子治学的认真态度，令我敬重。《三松堂自序》日译者吾妻重二汉学造诣很深，与老学者合影时，双手放在膝上，一种发自内心的恭敬态度为我国学子所不及。九十年代，一位退休的内藤佼子女士看到《花城》上刘心武的文章，其中写到我和我院中的丁香花，乃要求北大日本学专家张光佩带她来访。她手持这本杂志，要看看我和丁香花。我当然是随便看的，可惜当时早过丁香开花的季节，她说见到人是最要紧的，没有花，看看树也是好的。

日本人民在战争中也遭受到苦难。最令人发指的是日本慰安妇。中国、韩国的慰安妇是被迫的，这笔血泪债一定要算清！而日本慰安妇有一部分是自愿的，其中有学生、教师、工人等。她们于服务后要向士兵说一句"拜托了"。拜托他们去侵略去屠杀！她们不只身体受蹂躏，灵魂受到戕害的程度也无以复加了。我真要为此闭门痛哭！

日本人民和全世界人民的利益是一致的。我绝对拥护禁止原子弹。今年四月间中央电视台《焦点访谈》播放了反对原子弹的报道。一开始便是广岛上空的蘑菇云，却没有指出，那两颗原子弹为什么投下。我要大声说，那是为了制止兽行，为了加速结束侵略战争，那是为正义而投下！是的，日本人民因此受到了苦难，我们当然同情，但应该对此负责的不是正义的一方，而是日本军国主义。日本人民应和我们一起向日本军国主义讨还丧失的一切！在咀嚼原子弹带来的灾祸时，想一想中国人民吧，想一想中国和亚洲老百姓那些年惨绝人寰的遭遇！

德国领导人主动否定侵略战争，瑞士领导人为曾在战争中拒绝犹太人入境而公开道歉，这说明历史向着和平与光明发展。但是六月六日的日本国会决议案却含糊其辞，连道歉、悔过的字样都没有。这不能不让人感到战争的阴影还在，空袭的警报声、敌机声、轰炸声还如梦魇般压在我们身上。这些会唤起积淀的千百万中国人和亚洲人心中的愤恨，其力量大过蘑菇云！

我希望举行烛光晚会时，日本朋友也来参加。我们都爱和平，让我们一起祈祷和平。

为了和平，为了未来。

下放追记

那是冬天,我们坐着大车慢慢地走近村庄,但路旁的果树还很茂密。不远处的桑干河水结了冰,如一条发亮的银带,蜿蜒远去。我们进了这个村子,住下来,开始下放锻炼。

村名温泉屯,属河北省涿鹿县。涿鹿县后来和怀来县合并,后来听说又分开,不知现在到底是什么地名。不过温泉屯始终在桑干河畔,没有移动,我在那里的一段生活,和我一生中的其他岁月大不相同。

记得下放回来以后,我曾想写一点文字。那时处在一个随时随地要进行思想改造的地位,而且认为这是自己的责任,自己随时把头上的紧箍再按按紧,这样也就把想说的话按了回去。写出的文章不可读,所以也就不写。现在看来,往事如同发黄了的旧照片,只有一片模糊。不过有些画面反而分明，因为看到了它的来龙去脉，把它烘托得明朗了。

我们下去的时候，还在"大跃进"运动中，家家户户吃食堂。报上不停地宣传食堂的优越性，而我们在村庄里看到的是男女老少捧着碗、排着队等那一口吃食，尤其是老人和小孩站不动了也要排着，看了让人心酸。问食堂好不好，他们不敢说，只是苦笑。我曾想给中央写信，但是我没有足够的勇气。赵树理同志是写了信的，后来受到批判。那次批判会我也参加了，赵树理检查说："是我自己没有学习好理论，没有听党的话。"我听了十分难过，但是我还是没有勇气站出来说：他是对的。

我们跟着村民一起夜战，挖大渠、修水库。我们和村干部一起做报表，报告一个麦穗上有几粒麦子。无论怎么样日以继夜地拼命，达到谎话连篇的报表数字是不可能的。村民很朴实，村干部中也没有什么品质特别恶劣的人，但是假话成了一种正常现象，假话成了真的，真话倒被认为是假的。如果没有亲到农村，我可能也要积极参加反"右倾"运动，用假话批判真话。幸而我有这个机会看到书斋以外的世界。

下放生活中充满了政治。我们经常开小组会，谈心得体会，进行批评和自我批评。一位同志新婚不久难免想家，私自回京受到批判，现在想来真是不近人情。然而在以阶级斗争为生活主线的年代，"人情"是划给了资产阶级、小资产阶级的。每期下放中间要整风，必须找出批判对象，人人都可能摊上这一身份，生性谨慎些的人索性事事汇报，自己不负任何责任。后来我想，这也是由于社会原因产生的一种生活方式，完全丧失了自我，甚至是自觉自愿的。

除下放干部内部经常斗争外，农村的各种运动没有消停。要走社会主义道路，要巩固公社，就得斗争。这时候被整的多是社员。到我们回京后，在全国的大饥馑中，便是查抄村干部的家了，翻箱倒柜，看他们有没有私藏粮食。哪里有一点对人的起码尊重。我没有赶上参加这种查抄，暗地有些庆幸。

在下放中，我体会到生活比较原始的面貌。我们周围再没有墙壁。我们和天空、田野，和收获的喜悦、灾难的伤痛都离得很近。那一年夏天，桑干河泛滥，平时安静徐缓的河水，忽然变得面目狰狞，从远处咆哮而来。我们和村民一起运沙袋、搬石头，后来大家把所有的棉被都拿到堤上去了。河水里不断漂下来破门破窗和破烂的家什，还有大牲口的尸体。我们在堤上守望，随时有灭顶之灾，没有谁想到走开，也不觉得怕，村里似乎也没有组织疏散，就这样和洪水对峙，总有两三天光景，最后是人定胜天，战胜了洪水。有一次,从当时公社所在地五堡到温泉屯的路上遇见大雷雨,土路很快成了泥潭,拔不出脚来,到后来只好手足并用。大野茫茫,每一个闪电都像劈在自己头上,我和两个村干部就这样一路跌跌,到村后都成了泥人儿。远远望见自己的村庄时,真觉得房屋是太可爱了。进了家门,我没有忘记说一句,这真是经风雨,见世面了。

我们参加劳动,冬末春初,为准备春耕平整土地。人们用锄或锹把土块打碎,是为打"土坷垃"。这是力气活,很累人。我喜欢绑葡萄这活计。用马莲叶子把碧绿细嫩的葡萄须绑在架子上,看它们经过人们调理服服帖帖有规有矩,一架架葡萄排下去,像趴伏在地上的一队队小兽,觉得自己帮助了它们,感到劳动的意义。

温泉屯果树多,尤其多的是杏和香果,北京人称香果为虎拉车,不知是否这几个字。春来花如海,一片粉白,香气飘得很远。我们在果园的活是打药。没有任何防护,杀虫药的气味很难闻,我总是告诫自己不可畏缩,这就是改造。

公社希望我们写一本公社史,我曾和好几位参加过各种工作的人谈话,给我印象最深的是他们总是记得哪年哪月吃过什么样的饭。一位当时跑交通的农民说,他曾翻越几重山送一件急信。他说,头一天在一个村里吃的格仁粥,即玉米磨碎煮成干饭,第二天在一个村里吃的是绿豆小米干饭,那对他是盛宴,说起来似仍在咂摸那饭的滋味。温泉屯的支书不合原则地怀念解放前的日子,说那时村里小铺卖的油饼真好吃,现在没有了。在六十年代的饥饿中,我对他们记忆的重点稍有体会。千千万万的农民种出粮食养活大家,可是对他们来说,饥饿的威胁并没有远离。

下放一年,我是有收获的。曾想,学生如能在假期到农村去几个月,亲近农民——那毕竟是中国人的大多数,会更好地了解自己的国家,也更懂得我们的历史。只是,那些政治斗争可以免去。

从近视眼到远视眼

经过不到半小时的手术，我从近视眼一变而为远视眼。这是今年六月间的事。

我的眼睛近视由来已久。八九岁时看林译《块肉余生述》，暮色渐浓，还不肯放。现在还记得"大野沉沉如墨"的句子。抗战期间的菜油灯更是培养近视眼的好工具。五十几年，脸上从未脱离眼镜，老来患白内障，眼前更是一片迷茫，戴不戴眼镜也没有什么区别了。"老年花似雾中看"，以为这也是人必然要经过的"老"的滋味。

可是人太可尊敬了，太伟大了，能够修理自己，让自己重又处在明亮绚丽的世界中。手术后我透过眼罩的缝隙看到地上有许多花纹，还以为眼睛出了毛病，一问才知道病房里的地板本来就有花纹，只是我原来看不见。因为感到明亮，以为房间里换了电灯泡，其实也是自己的眼睛在作怪。取下眼罩时，我先看见横过窗前的树枝，每片叶子是那样清楚，医院门前的一树马缨花，原来由家人介绍过，现在也看到了颜色。近年来我看人都只见一个轮廓，这时眼前的医生有了眉眼，我不由得欢喜地对大夫说："我看见你了。"

本是最亲近的家人，这些年也是模糊的。现在看到老伴的头顶只剩下不多的头发，女儿的脸上已添了几道皱纹。我猛然觉得生活是这样实在，这样暖热，因为我看到了。

病房走廊外面，是那座尼泊尔式的白塔，以前我知道那里有这座塔，家人指着说："看呀，看呀，就在眼前。"我看不见。因为习惯了由别人代看，也不觉得懊恼。这时我特地到窗前去看，原来那塔很近、很大、很白，由蓝天衬着，看上去有几分俏皮，不是中国塔的风格。我在这塔的旁边从近视眼变成远视眼。它应该是我的朋友。

因为高度近视，将白内障取出后，不放人工晶体。结果是两眼各有几百度的远视，成了远视眼。我看不清东西时，习惯地把它拿近，反而更看不清。倒是远处的东西较清楚。虽不能像正常人，我已经很满足了。我们回家，进了西门，经过大片荷塘时，见朵朵红荷正在盛开，花瓣的线条都显得那样精神。露珠在荷叶上滚动，我几乎想走下车去摸一摸。燕南园好几栋房屋换过房顶。我第一次看清一层层的瓦。走进家门，院中的荒草好像在打招呼，说："看看我们，早该收拾了。"我本以为我的住处很整洁，却原来只是一种幻象。现在看到的是有裂纹和水迹的房顶，白粉剥落的墙壁，还有油漆差不多褪尽的地板。而且这里那里的角落，都积有灰尘。

我看着窗外一只灰尾巴喜鹊坐在丁香的一段枯枝上，它飞走了，又一只黑尾巴喜鹊飞来。这两种喜鹊是两个家庭，"文化大革命"前就居住在这里，"文革"时鸟儿也逃难，后来迁回。这几年，鸟丁兴旺，我只听见闹喳喳，这时看得清楚，恍如旧友重逢。它们似乎也在问我："嘿，你怎样了？"

我们素来阴暗的房间增加了亮度，我在镜中看到了自己，我有很长时间没有"自知之明"了。我相信通过爱心而做出的描述，总之是不显老。现在我看清了自己的额前沟壑，眼下丘陵。忽然想到了"不许人间见白头"这句话。看来，近视眼也有好处，让人不知道老态的存在。

我去医院复查，沿路大声念着街旁店铺的招牌，"看，这个馆子叫湘菩提。""哦！这儿还有鱼翅宴。"司机很觉莫名其妙。他哪里知道看得见的快乐。

七月六日我们去游览白塔寺，也拜访我的朋友——那座白塔。这天下着小雨，家人说，他们来来去去看见正门是不开的。我们打着伞走过去，却见正门洞开，门不高大，有七七四十九颗门钉在微雨中闪闪发亮。我们走进去，见院中有一个新铸的鼎，为西城区金融界所献，鼎上有一条彩色的龙。这鼎似乎与佛法较远。前面的殿正举行万佛艺术展，因为离得近，我反而看不清每个塑像的姿态面目。正殿供奉据说是三世佛，居中是释迦牟尼不成问题，两旁是阿弥陀佛和药师佛。

我有些疑惑，觉得在别处看到的未来佛和过去佛好像不是这两位。我们走到白塔下面，塔身高五十一丈，只能看见底座，又据说转塔一周可以祈福消灾。这时一位游人——我们之外唯一的游客，她对我们说："白塔寺正门从今天起正式开放，今天是阴历五月二十三日，好像和观音菩萨有什么关系。我们是第一批走进第一次开的正门，真是有福气。"我们绕塔一周，在塔后看到四株古老的楸树，不知有多少年了。

我想如果世上真有福气，它应该属于驱逐病魔的医生们。他们使人的生命延长，他们使人离开黑暗。其实是他们给了病人福气。作为医学界代表的药师佛怎么能是过去佛呢，他应该属于未来。

医学是科学的一部分。我默默念诵，科学真是了不起！人类真是了不起！有了科学才有各种治疗，有了人的智慧才有科学。人类智慧的一大特点是有想象力，这样才能创造。千万不要扼杀想象力！人类另一个特点是能积累经验，在积累的经验上才能求得进步。不知多少治疗的经验，才捧出一双双明亮的眼睛。经验是最可宝贵的，怎能忘记！

最初的喜悦过去了，因两眼视力不平衡，我看到的世界不很端正，楼房、车辆都有些像卡通。想想也很有趣，是近视眼时，常常要犯错误。作为眼疾患者的日子，更是过得糊里糊涂。成为远视眼，又看不清近处的事，希望能逐渐得到调整。若是能够，也许日子会过得清醒些。

牛顿在他七十岁的时候，人问他得到了什么，他答道："不过在人生的海滩上拾到了一些蚌与螺。"我总觉得这句话很美，美得让我感动。

我已迈过了七十岁。回头一看，我拾到的不过是极小的石粒。如果我有一双较正常的眼睛，又不是那么糊涂，我还会多拾几颗小石粒，虽然它们很平凡，虽然它们终究都是要漏去的。

找回你自己

——《燕园拾痕》代自序

你曾遗失了自己,在滔滔的历史长河中。

女人曾是一个卑贱的字眼。"面汤不算饭,女人不是人",这是北方农村中的说法。"在家从父。出嫁从夫,夫死从子",这是纲常名教套在女人颈上的枷锁。探春说过:"我但凡是个男人,可以出得去,我早走了,立出一番事业来,那时自有一番道理,偏我是个女孩儿家,一句多话也没有我说的。"真是沉痛得很。

女人,不过是男人的一根肋骨。

"但凡是个男人"成了许多有志气有才能的妇女的愿望。随着历史的演进,随着对人自身尊严的认识,女人也要获得作为人的一切。男人能做的,女人也能做;男人不能做的，女人也不屑于做。女人不再是一根肋骨，而是和男人对等的那半。然而就在这奋斗中，女性的面目逐渐模糊，女性的气息逐渐淡薄，出现了无性别意识的说法。

为了获得作为人的一切，女人似乎得先忘记自己是女人。

这也是沉痛得很。

天生有阴阳，这是自然的神奇之处。虚饰矫情，总无甜果。记得花木兰代父从军的故事么？记得"脱我战时袍，着我旧时裳，当窗理云鬓，对镜贴花黄"的轻松和喜悦么？

人生是无休止的战役。木兰的快乐着重的不是脱去战时袍，而是还我女孩儿的本来面目。

除了参加历史的创造外，女人用爱哺育世界，用生命孕育未来。女人的给予是无限的。

女人，是伟大的名字。

人本该照自己本来面目过活，而怎样获得这本来面目，确是个大难题。

找回你自己！认真地、自由地做一个人，也认真地、自由地做一个女人。

一九九三年岁末五日记

12月27日 星期一

　　晚往观于魁智主演的京剧《响马传》。外子蔡仲德喜爱京剧，在电视大赛中"发现"于魁智这一艺术家。当然艺术家早用不着谁来发现，但这位外行确是自己看出高妙，而非人云亦云。我乃在其感召下，同往观剧。

　　剧本讲的是隋末唐初的英雄故事，全剧没有一个女角。于魁智扮演主角秦琼。唱念做打都臻妙境，唱得尤其好！声音高而醇厚，又有些苍凉，真可绕梁三日。举手投足，从容潇洒，在英雄豪迈之中有一种儒雅风流，一种秀气。一句道白"吃酒去"，再经伙伴们的白话"喝酒去啦"衬托，韵味无穷。剧场中有人低声议论，"真是文武全才！"京剧的音乐也有进步。秦琼观阵那一场开始时的唢呐独奏，很能表现月下沙场的情调。

回来路上讨论两个问题。一是中国与西方情感的不同。中国的豪杰注重的是男子间的义气，而非男女间的情爱，所谓"兄弟如手足，妻子如衣服"。西方武士则常在心中有一女性偶像，似乎这是做武士的一个必要条件。比武之后，要把胜利的荣耀献给所钟情的女子。如《撒克逊劫后英雄略》中所描写的。这种不同可能和妇女的地位有关，不过有的时候，义气更为感人。

另一个我们关心的问题是于魁智是否会有合适的夜餐。由之讨论到千里驹是不能以凡马对待。这样的艺术家，已超出一般的一级演员的水平了，就应该有相应的对待。当然，还不只是物质一方面。

12月28日 星期二

下午四时，往办公楼，参加芝生奖学金首次发奖会，芝生是父亲的字。此奖学金发给北大文史哲三系的本科生或研究生，每年每系一人。每人得一千元。大家都说数目虽小，却是一种鼓励。鼓励对传统文化的关心和研究，鼓励做学问，鼓励坐冷板凳。哲学系主任叶朗说文科很穷，哲学系最穷，然而大家乐此不疲。并且说冯先生九十岁后还在著书，人劝休息，冯先生笑答："我是欲罢不能。"这种做学问的精神真是春蚕到死丝方尽！这也是北大人的精神。北大前党委书记、冯友兰学术基金会主任委员王学珍说，冯先生一生有时处在逆境，但他不管境遇如何，从不气馁，总是有所追求，力图有所创造，是很不容易的。

我讲了《冯友兰先生纪念文集》的出版情况。这本书于一九九〇年底编成后，找出版社费时两年，幸有北大出版社见义勇为，给予出版，现已问世。他们照常规印一千册，可是出人意料，新华书店一下要八百册，只好加印。这在纪念文集中，是少见的。现大多数作者尚未得到书，真是抱歉。

又据说一九九〇年父亲逝世后，南开大学哲学系的博士生、硕士生们自发地写悼念文章，油印成册。虽然这信息三年后才传来，却一点不觉得遥远。

12月29日 星期三

收到第十二期《读书》，见吴江文章《为什么要特别看重史学》。其中有一段说胡适曾主持清华国学研究院，金岳霖、冯友兰都曾在旧北大研究哲学史，读后颇感不安。可见历史是多么难见其本来面目！金岳霖、冯友兰在解放前都是清华大学教授，从未在北大研究哲学史。胡适也从未在清华工作过。所以有一个说法：胡适从清华毕业，在北大工作，冯友兰从北大毕业，在清华工作，可见两校血脉相通的关系。原以为这是人所共知的事，可见我的偏颇。对于两校以外的人，可能是不易弄清楚的。

吴江文章只是叙述事情，不曾推演什么。有些文章就不同了，在不甚了了的基础上会得出某种结论，这很吓人。如果弄不清历史，怎能作"同情的理解"；如不持"同情的理解"的态度，又怎能弄清历史！由之联想到《老残游记》中那一位自命清官的酷吏，动不动把人送站笼站死！这样想了一转之后，不免暗自庆幸，现在毕竟消灭了站笼，而且以后也不会再有了。

12月30日 星期四

下午二时，前往清华大学参加人文社会科学学院成立大会。一九五二年院系调整，清华文、法学院归并于北大，我成为清华最后一届文科毕业生。今天成立人文社会学院，使清华又成为一个完整的、综合性的大学，可谓大喜事。

父亲若有知，一定会高兴的。他任清华文学院长十八年，老来常说，在清华那一段是他一生中最幸福的日子，无论哲学著作或教育事业，都有建树。我想值得一提的是当时在学术界，由清华诸位大学者自然形成了清华学派。据徐葆耕《记王瑶先生与清华大学》一文记载，王瑶阐述说："这一学派的主要特点是对传统文化不取笼统的'信'或'疑'的态度，而是在'释古'上用功夫，作出合理的符合当时情况的解释。为此必须做到中西贯通，古今融汇，兼取京派和海派之长，做到微观与宏观结合。"王瑶先生指出，"释古"的概念是冯友兰先生提出的。

我在清华作学生时，清华文科名师荟集。怎奈我不用功，到现在也不敢打哪一位老师的旗号。我想我从清华得到的，不只是知识，还认识了清华的传统。那是一种蓬勃向上的、严谨的、富有创造性的人生态度和作风，是一生受用不尽的。清华校训是"自强不息，厚德载物"。想到时，常觉是一种鞭策。

12月31日 星期五

清华友人来谈，始知清华校训曾经改为唯物观点、辩证观点、劳动观点等，只是鲜为人知。

我觉得还是"自强不息，厚德载物"好。"天行健，君子以自强不息；地势坤，君子以厚德载物"，是多么丰富！这是我们的民族精神，也是一种理想人格。在古人的眼光中，天是永远向前的，没有任何力量能阻挡天的行走。有天永不休止的前进精神，有地无所不载的宽广胸怀，我们民族无论怎样饱经忧患，终将立于不败之地！

伫立窗前，看到横过的枯枝，想它很快就要发芽；听到紧邻邮局传来盖邮戳的咚咚声，每到年底，总是格外热闹。一年已尽，我没有催人老逼岁除的怅惘，而是感到平静而充实。

我爱清华。水木清华，我的摇篮，我的母校。

我爱北大。我的燕园，那是我一生中居住最长久的，与我的灵魂最贴近的地方。

我爱海淀区。图书城，音乐会，名园胜景，山光水色，滋润着红尘千丈，让人常感清凉。

我爱北京。又古典又现代的北京，我爱那我到过和没有到过的每一个角落。

我爱中国！

我爱中国！我们多灾多难而又自强不息的祖国啊。

别了，一九九三年。

云在青天

二〇一二年九月九日，我离开了北京大学燕南园，迁往北京郊区。我在燕南园居住了六十年，六十年真的很长。我从满头黑发的青年人变成发苍苍而视茫茫的老妪，可是回想起来也只是一转眼的工夫。六十年中的三十八年，有父母可依。还有二十二年，是我自己的日子。在这里，在燕南园，我送走了母亲（一九七七年）和父亲（一九九〇年），也送走了外子蔡仲德（二〇〇四年）。最后八年，我与花草树木为伴。

九月间玉簪花正在怒放，小院里两行晶莹的白。满院里都漂浮着香气。我们把玉簪花称为五十七号的院花，花开时我总要摘几朵养在瓶里，便是满屋的香气。我还想挖几棵带到新居，但又想，眼下天气已不是移植的时候了。

它们在甬路边静静地看着我离开,那香气随着我走了很远。

院中的三棵松树现在只剩两棵,其中一棵还是后来补种的。原有的一棵总是那么枝繁叶茂,一层层枝干遮住屋檐的一角。我常觉得它保护着我们。这几年,只要我能走动,便在它周围走几步,抱一抱它。现在,在它身边的时候越来越短,因为不能久站。我离开的时候,特意走到它身旁拥抱它,向它告别。如果它开口讲话,我也不会奇怪。

北京大学哲学系主任王博和几位朋友来送我,我把房屋的钥匙交给王博。是他最早提出建立故居的想法。我再来时将是一个参观者。我看了一眼门前的竹子,摸了一下院门两旁小石狮子的头,上了车,向车窗外的人和树木、房屋招手。

车开了,我没有回头。

决定搬家以后,我尽量找机会再去亲近一下燕园,最主要的当然是未名湖。湖西端的那条石鱼还在,在它的鳍背上依负着我儿时的梦。九岁那年,抗日战争爆发,我曾在燕园姑母家中暂住,常来湖边玩耍,看望这条石鱼。七十多年过去了,我长大了,它还依旧。现在湖北侧的四扇屏一带有几株腊梅花,不过我很少看见它的花,以后也不会看见了。从这里向湖上望去,湖光塔影尽收眼底,对岸的花神庙和石桥也是绝妙的点缀。从几座红楼前向湖边走去时,先看见的是湖边低垂的杨柳和它后面明亮的水光。不由得想到"杨柳依依"这四个字。它柔软的枝条是这样低回婉转,真好像缠绕着无限的惜别之情。那"依依"两个字,真亏古人怎么想得出来!每次到这里,我总要让车子停住,仔细端详。在燕园的流连中,我常在想一个问题:当我离开家时,正确地说是离开那座庭院,我会不会哭。

车子驶出了燕南园,我没有回头,也没有哭。

有人奇怪,我怎么还会有搬家的兴致。也有朋友关心地一再劝说老年人不宜搬家。但这不是我能够考虑的问题。因为"三松堂"有它自己的道路。一九五二年院系调整,冯友兰先生从清华园乙所迁到北大燕南园五十四号。一九五七年开始住在五十七号。他在这里写出了他最后一部巨著《中国哲学史新编》。他在《自传》的《序言》中有几句话:"'三松堂'者,北京大学燕南园之一眷属宿舍也,余家寓此凡三十年矣。十年动乱殆将逐出,幸而得免。庭中有三松,抚而盘桓,较渊明犹多其二焉。"这是"三松堂"得名的由来。北京大学已经决定将三松堂建成冯友兰故居,以纪念这一段历史,并留下一个完整的古迹。这是十分恰当的,也是我求之不得的。我必须搬家,离开我住了六十年的地方。

搬家就需要整理东西，我眼看着凌乱的弃物，忽然觉得我很幸运，我在生前看到了死后的情景。三松堂内的书籍我已先后作了多次捐赠。父亲在世时，便将一套《百衲本二十四史》赠给家乡唐河县图书馆。父亲去世后，两三年间，我将藏书的大部分包括《丛书集成》和《四部丛刊》等分批赠给清华大学思想文化研究所，他们设立了冯友兰文库，后随研究所并入历史系。冯友兰文库有两个大房间，装满了一排排的书，能在里面徜徉必是一件乐事。现在做最后的清理，将父亲著作的各种版本和其他的书一千余册赠清华大学图书馆。我曾勉力翻检了几本，它们都是我没有见过的，书名也没听说过。如有一本《佛国碧缘击节》，很大的一本书，装帧极好。我很想看一看内容，可是只能用手摸摸。清华大学图书馆很快建立了一间冯友兰纪念室，陈设这些书籍。河南南阳卧龙区档案馆行动较早，几年前便要去了书房、卧室的主要家具。唐河县冯友兰纪念馆建成后，我也赠予了少量家具和衣物等。还有父亲在世时为唐河县美学会写的一幅字，可能这个机构后来没有成立，这幅字就留在家里。现在正好作为唐河县纪念馆的镇馆之宝。韩国檀国大学有教师在北大学习，知道要建冯友兰故居，便来联系，便也赠给他们几件什物和书籍。他们要在学校中的博物馆收藏，以纪念冯友兰先生。

三松堂仍留有遗物，这里的东西有的并不止限于六十年，几个书柜是从二十世纪三十年代便在清华园乙所摆放过的。多年不曾开过的抽屉里，有一叠信封，上印"昆明国立西南联合大学冯笺"，是父亲没有用完的信封。一个旧式的极朴素的座钟，每半小时敲打一次，夜里也负责任地报时，父亲不以为扰，如果哪天不响，反而会觉得少了什么。院中的石磨是母亲用来磨豆浆的，三年困难时期母亲想改善我们的生活，不知从哪里得来这个石磨，但实际没有磨出多少豆浆。这些东西，般般件件都有一个小故事。将来建成后的冯友兰故居，有他的内容在，有他的灵魂在。

我们还发现了一份完整的手稿《新理学答问》。纸已经变黄变脆，字迹却还可以看清。我决定将它送给国家图书馆。在那里已经有了《新世训》《新原道》的手稿，让它们一起迎接未来。

东西是一件一件陆续积累的，散去也不容易，我一批一批安排它们的去处。到现在已将近一年，可以说才到尾声。在这段时间里，一切都进行得很自然，我没有一点感伤。一切事物聚到头，终究要散去的。散后又是聚，聚后又是散。散往各方,犹如天上的白云。

据新浪网报道,韩国新任总统朴槿惠在就职典礼后,接受采访时说:"冯友兰先生的《中国哲学史》则让我重新找回了内心的平静,他是我最崇敬的学者。"几个月来,多有报刊报道过类似的话。我很感动。这是中国文化的力量,学中国哲学是一种受用。西南联大机械系校友吴大昌写信来,说他看到了二〇一二年出版的一本书《冯友兰论人生》,其中一篇文章《论悲观》是为他写的。一九三九年在昆明,他向冯先生请教人生问题,冯先生为回答他的问题写了这篇文章,他得到了帮助。他说:"我是一个受益的学生。我钦佩他的博学深思,也感谢他热心助人。"这样受益的人还有,这也需要读书人的慧心。近年来,有一百多家出版社出版了冯友兰的著作,这是我最近才知道的。海外关于冯著的出版也从未断绝,《中国哲学简史》一九四八年问世以来,一直行销不衰。《贞元六书》中的《新原道》于一九四六年经英国人Hughs译成英文,名为《中国哲学之精神》在伦敦出版。我一直以为这本书没有能够再版。最近得到消息,这本书在这几十年间,一直有美国数家出版社出版,隔几年便出一次,最近的一次在二〇〇五年。我非常惊异这本书的生命力,和冯著其他书一样,"文章自有命,不仗史笔垂"。它们勇敢地活着,把力量传播到四方。如同云在青天。

在这个世界上有很多不公道,但还是善良的人居多。对于那些关心我、帮助我的人,我永远怀着感激之情。有些帮助是需要勇气的。从这里我看到人的高贵,一些小事也是历历在目。就燕园而言,北大校方对我时有照顾。还有那些不知名的人。地震期间,来帮助搭地震棚的学生和教师,他们走过这里便来帮忙。一次修房,需要把东西搬开,有一个班的学生来义务劳动,很是辛苦。就在我离开燕园的前几天,有人在信箱里放了一张复印件,那是一篇关于父亲的文章(《1948—1949冯友兰再长清华》)。寄件人大概怕我没有看到,特地送来。我收到了。一切的好意我都知晓、领受,不能忘记。

一次从外面回来,下车时,一位中年人过来搀扶,原来他是参观者。还有一位参观者从四川来,很想向冯先生的照片礼拜一番。当时我的原则是,室内不开放,只能在院内参观。不料,这位先生在甬路上下跪,恭敬地三叩首,然后离去。一位北大校友来信说,他在学校五年,没有到过燕南园。现在要回学校,目的之一是去看看"三松堂"。隔些时就有人来看望"三松堂",多年来一直是这样。这里仿佛有一个气场,在屋内,也在屋外的松竹间,充满着"蜡炬成灰泪始干"的执着和对文化的敬重,还有对生活的宽容和谅解。现在,这里将建为冯友兰故居,可以得到大家的亲近。希望这里能继续为来者提供少许的明白和润泽。

我离开了,离开了这承载着我大部分生命的地方;我没有回头,也没有哭。